幻影都城Ⅱ

再相逢

蝴蝶Seba◎著

楔・子

從小曼棄他而去的那個夜晚開始，他心中就藏了一個不肯長大的小男孩，時時哀泣著被棄的痛苦……

傍晚的校園充滿愉悅的嘈雜。

對她來說，這種歡樂的轟鬧往往會嚴重的困擾她，所有的訊息像是洶湧翻騰的潮水湧進來，讓她有深刻的窒息感。

眞奇怪，其他人不會感到痛苦嗎？她往往會這樣想。數十件、數百件的瑣瑣碎碎，語言的、交錯的想法，相合或相違背的融合或衝突。她總要昏好一會兒，坐在座位上靜待人潮退去些，才能慢騰騰的收拾好書本，走入初冬晚早的黃昏。

山風讓她瑟縮了一會兒。應該戴圍巾出來的……她放下盤起來的長髮，這讓她覺得溫暖而有安全感，雖然，會引人側目。

自從離開療養院以後，就沒再剪過頭髮。光燦燦的像是光滑的綢緞，蜿蜒到膝後。若不是對別人側目豔羨的眼光覺得困擾，她實在比較喜歡放下長髮的，但是豔羨嫉妒的目光，讓她覺得痲煩。

沒辦法，她實在很討厭痲煩。

所以，當帥得令人屏息的男孩子拉住了她，激動地喊她：「小曼！」，著實將她嚇了一大跳。

她抱緊書本，臉孔嚴肅而警戒，但是看到這個陌生學長的臉孔……卻又莫名的安心下來。他不是壞人。而且，學長本來莫名激動的眼神，轉變成困惑、不解。

哦，原來是這樣。她偏了偏頭，有些困窘的、有些了解的笑，「……學長，你認錯人了。」

「不、不對，妳是殷曼吧？」男孩語氣裡卻有更多的不肯定。眼前的少女有張溫潤卻平凡的臉孔，個子小小的，不太起眼。

和他印象中美麗到絕塵的那個倩影不一樣。

但是感覺……這種感覺……

是殷曼沒錯！

「學長。」眼見他像是又要撲過來，她拿起書擋住他，非常鎮定的回答：「你眞的認錯了，我叫徐愛鈴。」

我叫徐愛鈴，今年剛到中部私立大學的中文系當旁讀生。

當然，我知道我和別人不太一樣，但是，被錯認是睽違已久的戀人，這倒是第一次。

（應該是吧？他那瞬間心靈的波動……的確是「愛」。）

我生下來的時候，聽說生產過程出了差錯，有腦部痲痹的現象。因爲這樣，我被送到療養院，住了不少年，所以十五歲之前的記憶等於是沒有了。

生了我這樣的孩子，父母的婚姻幾乎觸礁。可能是出現奇蹟，也可能是醫生說的，孩子成長過程能夠自動修復損傷，只是在我看來，修復得實在不太好。

我像是長了一雙左手，又長了一雙左腳，常常跌倒，拿不住東西，動作比一般人遲鈍許多。

但是在母親的眼底，我已經修復得夠好了。她爲我費盡苦心，衣食穿著，一切打算到底。十五歲出療養院後，她爲了我的學歷想盡辦法，好讓我可以用同等學歷上大學。

雖然很抱歉的，我沒考上大學，但我還是去大學選修了幾門課，當起學分班的學生了。

他們說我上過啓智班，但是我一點都想不起來了。

父母花了這樣的苦心，做兒女的總要報答，對吧？所以父親要去大陸經商，我慫恿母親跟他去。他們的婚姻好不容易彌補了裂痕，太長久的分離會讓這一切付諸流水。

我只是手腳遲鈍，腦子並沒有問題。老師常常驚異地瞪著我，說我是天才，很惋惜我沒有考上大學。雖然我作業常常交不出來，老師們還是相當容忍我。

只是同學笑我是怪胎而已。

我在意麼？唔……其實並不。

同儕關係就是這樣，人類的青少年又特別殘忍。若是不理他們的行爲，心平氣和的望著他們的眼睛，通常他們反而會著慌，覺得你很「成熟」，反而嚇跑了。

唔？我又用「人類」這樣的字眼嗎？抱歉，我的壞習慣。

雖然說，我有時也會困惑，總覺得自己和別人格格不入，但我還是個標準的人類。

沒人規定標準的人類不可以看到「那個」吧？

其實看到「那個」又沒有什麼。這樣說好了，狗兒天生是近視，看到的顏色沒有人類多。你若用狗兒理解的語言告訴牠，彩虹有七彩，牠一定會罵你是神經病的。

所以看到了也就是看到了，沒什麼。

也或許我對什麼都是「沒什麼」的態度，所以別人很厭惡我。

唔，我們要原諒人類排異的心態——啊，我又來了……

只是這個學長，讓我有點介意，不能說「沒什麼」了。

他是在找誰呢？那個殷曼……會是誰呢？我邊走邊想。

不知道爲什麼，我一直想個不停。

她是殷曼嗎？李君心站在微寒的風中呆立著。他想知道，他好想知道……

但是他還記得殷曼化人後的絕麗模樣。那是個美麗到絕塵的小女孩，長大以後，無疑是顛倒衆生的美人兒；再說，照年紀推算，也才過了六年而已，小曼若是長大起來，頂多十二三歲，不可能成爲大學生。

更不會成爲那位乾淨清秀，卻普通到讓人見過就忘的女孩。

但是爲什麼經過她的身邊……他的心口會這麼痛，痛得這麼狂喜？爲什麼他腦海會馬上閃過「小曼回來了！」這樣的念頭？

不管是外觀、或是用神識去探勘，她完全是個正常的人類，絲毫妖氣也不見，她和小曼根本是不同的生物……但爲什麼他想大哭、想要激動的抱住她，痛罵她的不告而別，哭著求她別走？

雖然過了這麼多年，雖然他都是大二的學生了……但是從小曼棄他遠去的那個夜晚開始，他心中就藏了一個不肯長大的小男孩，時時哀泣著被棄的痛苦。

這些年，他一直以爲，潛修有了一定的成績，根基日益深厚，法術研修也略有小成，隨著修煉的時日推移，漸漸的將世事淡然……也不復當初的傷痛。

但是現在，這個陌生而平凡的少女，卻揭破了表面的平靜，掀起了他隱藏在內心深處的傷痕。

只是掩蓋著不去看，卻一直滴著血，流著淚。

狐影常常告誡他，他因情入道，卻會因情入魔，不成正果。

但是沒有小曼……他要正果做什麼？

這世界上，他只有小曼，小曼也只有他而已。他們是這樣孤獨，孤獨到只擁有彼此。

「……妳不是小曼吧？」他望著遙遠到常人看不見的纖細背影喃喃自語，「妳若不是小曼，妳又該是誰呢？」

不知道是不是巧合，那條纖細的背影頓了一下，遲疑了幾秒鐘，才緩步向前。

君心僵住了一會兒，希微的希望卻引起巨大的失望。

他已經用盡所有功力去「看」……她依舊是個沒有修煉過、沒有絲毫妖力或法力的少女。

這讓他的心裡刮起隆冬裡刻骨的寒風。

第・一・章

有著天使的奇異公寓

看了看天使公寓院子裡的奇門遁甲加上西洋五芒陣，君心有種欲哭無淚的感覺。老天可憐他，他到底搬到什麼鬼地方啊～～

她當然不可能是殷曼。君心鬱鬱的想著，他費盡苦心打聽到她的資料……絕對是不可能的。

照年紀來推算，時間不過過了六年，殷曼照人類生長的時間，應該去國小找，絕對不可能到大學來當他的學妹。

唔，學分班的學妹。

再說，她有名有姓，還有身分證，他還查訪到她的高中畢業紀念冊，甚至有國中時的通訊錄。

她，只是他思念過度產生的幻象投影，一個悽楚而美麗的誤會。

現在他比較需要煩惱的是他的期末考，而不是再去費心捉摸那個美麗的誤會。

拍了拍冷氣，掉下了一堆嗆人的灰塵。該死的！每個學期都要繳這麼貴的房租，電費還一度四塊錢新台幣，卻修個冷氣得等到地老天荒海枯石爛此志不渝……還保證絕對不來修！

ＸＸ的！等這個學期結束，不搬家他的名字倒過來寫！

只有一扇小得可憐的窗戶，電風扇送來的都是熱烘烘的風，他覺得自己根本是隻煙燻烤鴨……

書正念得心浮氣躁要揍人的時候，君心的房門很自動的大開了。

愕然的，他和光頭房東面面相覷。

「喔，你沒出去喔。」房東老實不客氣的走進來，招呼著來看房子的學生，「沒關係沒關係，進來看沒關係……就剩這間了。看看喜不喜歡，喜歡的話先付訂金。」

「不是還有人在住嗎？」學生怯怯的不敢進來。

「不要緊啦，他不住了。」房東很泰然自若地答。

他是不住了沒錯！君心的火氣幾乎張口就要噴出來，但是需要這樣帶人來參觀嗎？好歹他交了這個學期的房租欸！

「房東先生，我的房租到月底才到期吧？」君心眼中射出殺人的光芒。

「欸，你們這些學生以為聲音大就贏啊？」房東的聲音比他還大，「公告欄我貼啦，不續租就請二十五號搬出去！今天都二十號啦，難道還不讓人看房子？不給看？不給看就續租啊！」

……貼公告？君心愣了一下，用神識溜到樓下看了一眼公告欄。好樣的，那公告貼上去沒有五分鐘吧？漿糊還沒乾咧！

「你什麼時候貼的？」他簡直氣歪，「我明明繳房租到月底，爲什麼二十五號就要搬走？我期末考考到二十六號欸！」

「合約就是這樣寫的！」房東兇惡起來，「不然就給下學期的房租，再不然就搬走！」

那個學生縮著脖子悄悄地逃走了，君心覺得他眞是好狗運，提前看到惡房東的嘴臉。爲什麼他當初來租房子的時候沒看到這警世的一幕啊～～

「你看，你把我的房客嚇跑了！」房東惡狠狠地責怪他。

「你到底講不講理啊?!」君心火了。

「講理？我很講理啊！」房東更惡霸了，「在我的房子裡，我就是道理！」

……沒錯，是他不對。在冷氣壞掉，飲水機沒有水，網路藕斷絲連，半夜瓦斯突然氣絕，寒冬裡只能沖冷水澡「靜心」的時候……他就該把房子找好了。

課業太忙不是理由，房東普遍太爛不是藉口，重要的是——

他要如何在五天內找到可以搬家的房子啊啊啊～～

接下來的幾天，君心像是神經病一樣，一邊拎著書，滿頭大汗的到處看房子。你知道，學校處於山區，已經是種折磨了，山區的寒風特別冷，房東特別惡，房子特別糟糕。

那種熱情的隨便開人房間的房東他不敢要，有良心的房東又不敢提前趕住戶，將房子租給他，他在這種青黃不接的時刻特別淒涼……

二十四號這一天，君心真的要絕望了，同學們只同情的拍拍他的肩膀，「你趕緊搬家喔。那個房東是有名的爛，可能你回家的時候，家具行李都被亂丟在人行道上……」

「我能不能先把家當搬去你那兒？」君心心中燃起微弱的希望。

「如果讓你搬進來……」同學很坦白地說：「可能換我連人帶行李被扔到人行道上。」

微弱的希望熄滅得這樣迅速確實。

「天啊，我該怎麼辦～～」他對著天空吶喊，眞是無助的青春……

沮喪地呆立在電線桿前面，一張嶄新的廣告單吸引了他的注意。詭異的是，這張廣告單是黑色的，上面書寫著白色的字跡。

黑底白字咧……有個奇怪的mark，看起來像是晴天娃娃長了兩個翅膀。

天使公寓招租

現有套房一間，採光佳，冬暖夏涼。前後有庭院，離東大只需要兩分鐘。

停車方便，環境清幽。

意者請洽楊先生

底下剪成條狀，只剩下孤零零的一張電話號碼。

他狐疑的撕下最後一張：0913-990-990。

好奇怪的電話號碼……他說不上來哪裡不對勁，搔了搔頭，還是掏出手機撥了電話，忐忑地等電話接通。

「喂！楊先生嗎？」

「租房子是吧？」

電話那頭的聲音帶著悅耳的磁性，君心卻忍不住想掛斷手機。別唬他，他可是身經百戰，見多識廣，但衡量了一下……他覺得人類的房東和露宿街頭比較可怕。

「是，我要租房子。」

「嗯，及格了。」楊先生告訴他地址，「你今天搬進來吧。不然明天我房子也不能租你了。」然後就把電話給掛了。

怎麼可能這樣就搬進去？他總得看看房子對吧？君心邊嘀咕著，邊走回自己的小窩，卻差點傻眼。

了！

今天二十四號欸！房東居然將他的大門打開，工人進進出出的準備開始油漆

「喂！你們在做什麼?!」他怒吼了。

「開始油漆啊。」房東很理直氣壯，「叫什麼叫？有幫你蓋報紙啦，怕什麼

……」

「我怕你好不好？我怕了你！」君心氣得頭發昏，「好好好，給我一個小時，一個小時就好！我馬上搬家！」

他懷著壯士斷腕的怒氣拿起話筒，開始撥打抄起來很久的搬家公司電話號碼。他認了，就算住到妖怪窩也比住在無良惡房東的屋子裡好！

等他將家具和雜物搬上小貨車，突然惡從膽邊生。他悄悄的捏了個口訣，唸了聲「唵」，這戶有氣無力的地基主拄著杖，老態龍鍾的爬了出來。

「大人，有何吩咐？」地基主彎了彎幾乎到地的腰。需知，地基主的道行和戶主的德行息息相關，若不是君心憐憫他，時時供養，他這個陰神都快降格成孤鬼

了。

「老地，我在這兒也受了你不少照顧。」君心拍拍他的肩膀，「如今我要搬家了，恐怕照應不到你……」

地基主眼淚都快掉下來，「您……君心大人，您這一走，老兒可就等著當孤鬼兒了……」說著不禁老淚縱橫。

「老地，別說我不顧交情。」君心故意沉吟了會兒，「我這搬家車會經過土地廟，他那兒雖小，還是有些香火。老土和我什麼交情，你也是知道的，所以，你要不要去他那兒委屈做一陣子的客，等我安定下來，幫你找戶福澤深厚的人家定香火？當然我也是建議……」

「去去去，老兒當然去！」地基主一把抱住君心的大腿，「萬望大人超生老兒，老兒再也受不住這戶的惡氣啦！」

君心在心裡冷笑，撮起地上的塵土作爲媒介，帶走了這戶的地基主。

「你在幹嘛？」搬家公司的年輕人看君心呆呆地站在門口，好半晌不動。

「哦。」君心漫應著，「我在緬懷過去的點點滴滴。」

「有什麼好緬懷的？」年輕人嗤笑，「這戶房東有名的惡質，每年都有可憐的新生讓他騙。誰讓他風水好，離校門口沒一分鐘路途？」

「風水好不起來了。」君心惡意的一笑，「再也好不了了。」

的確，君心搬走以後，這棟學生公寓開始沒完沒了的鬧鬼，成了東大附近的傳奇鬼屋。

這是吃齋唸佛的惡房東想破頭也想不出道理的事情。

搬家的半路上，藉口要上洗手間，君心將地基主送去土地公那兒安頓。土地公近來無聊得緊，有個下棋打屁的伴兒怎麼會不好？君心也算是放心的離開了。

老地，你倒好。現在你有了棲身地，我還不知道我要去的是狼窩還是虎穴……

君心懷著忐忑不安的心往目的地前進，貨車開了快十分鐘，終於在曲曲折折的山道找到了地址。

居然是個漂亮整齊的別墅！果然前後有庭院，並沒有用水泥牆隔起來，還有修剪漂亮的樹籬。君心一眼就看出，這樹籬的「防盜系統」強過十萬伏特的通電鐵絲網。

是誰這麼沒常識，弄了一個這樣恐怖的咒術反彈結界啊啊啊～～

「欸。」俊秀飄逸的斯文男子戴著金邊眼鏡，穿著醫生般的白衣，指揮著搬家的年輕人，「你把家具雜物在外面下好就好了，別進來。」

「沒錯！」君心跳了起來，「你下在外面就好了！」

「不用搬進去嗎？」年輕人也跟著跳起來，嚇的。他搬家這麼久，第一次遇到這種的，「東西很多欸……」

「沒關係。」君心臉孔蒼白的開始搬，「搬下來就好、搬下來就好……」他不希望這個善良無辜的年輕人受到任何奇怪的傷害。

年輕人像是看到神經病一樣，火速將東西搬下來，趕緊開車逃亡了。

「你緊張什麼？」楊先生推了推金邊眼鏡，「頂多電昏他而已。再說，我也打算把結界暫時停止，只是怕他摸不進院子罷了。」

看了看院子裡的奇門遁甲加上西洋五芒陣，君心有種欲哭無淚的感覺。老天可憐他，他到底搬到什麼鳥地方？

「這是什麼鬼地方?!」他徹底絕望了。

「沒禮貌。」楊先生板起臉孔，「這裡是天使公寓，什麼鬼地方……好啦，我想不用撤結界你也搬得進來吧？什麼年代了，居然還有修道者，眞稀奇。」

看了滿地大大小小的家具和電器，和那棟充滿奇怪結界和亂七八糟禁制的「別墅」，他覺得，這根本是「凶宅」。

眞的要搬進去嗎？

「你再不動手……」楊先生望了望滿天霞靄，「入夜大概會開始下雨。」

他的電腦！他的報告都在裡面，不能夠泡水啊啊啊啊～～君心突然奮起神力，瘋狂的將東西往屋子裡狂搬，終於在最後一刻，將所有的家當搬進二樓的套房。

不到一分鐘，開始嘩啦啦的下起狂暴的雨。

環顧他的新家……起碼也有二十坪，還有個旅館似的漂亮衛浴。這些都不是重點，重點是這個方位！這個配置！怎麼看都是「阿飄」最喜歡棲留的「鬼地方」。

「你的猜測是正確的。」楊先生像是會讀心術，對他點點頭，「上任的屋主是女生，我想你不會介意跟無害的『女孩』同居吧？她通常都『睡』在浴缸裡……」

「你爲什麼不趕走她?!」他可是正常人類！就算修仙也還是人類！人類怎麼會喜歡跟「阿飄」同居啊？就算她是女生也……

「她又不會傷害你。」楊先生睨了他一眼，「你修仙修到哪兒去了？衆生平等你不知道嗎？再說，若不是有她，我怎麼可能用市價的三分之一買下這棟大別墅？」

這不是重點吧？

「對，眞正的重點是，這麼大的套房只需要兩千塊，還含水電和第四台。」楊先生豎起食指，「而且，還包伙食。」

……天下沒有白吃的午餐。這種可疑的優惠價背後一定有鬼。

（事實上，你的室友的確是鬼啊……）

「你要我把這隻『阿飄』收了？」君心狐疑地看著這位楊先生。他對西方天界不夠熟，但是這位可疑的房東橫看豎看……都是西方天界的「人」。

難道西方天界收不了東方的阿飄嗎？

「何必收啊？」楊先生聳了聳肩，「有了她，你夏天不用裝冷氣欸！當然，這種優惠價不能白白給。主要呢……我想找個有能力的人幫我看家，我最近要常常出差，留下我外甥女一個人有點擔心。」

外甥女？「我不會照顧小孩。」

「年紀是不大啦。」楊先生承認，「不過也十九了，不用你餵飯洗澡。」

……

「喂，我們素昧平生，你讓你的外甥女和我孤男寡女……你到底是太相信人類還是沒長腦子?!」或者想乾脆仙人跳？「我是窮學生，窮學生！」

「沒有靈氣、心地險惡的人看不到我的招租單。」楊先生心平氣和地說，「能力不足打不通我的電話，我們也算是有緣吧！」

……怎麼覺得在唬弄他？

「沒辦法，我也不想這麼倉促，但是我的期限很緊了。」楊先生喊著：「愛鈴，我們有新房客了！跟小咪說，晚上添副碗筷！」

「好。」一張清秀平凡的臉孔閃了一下，卻讓君心像是被雷打到了。

明明知道她不是……但是每次看都有相同的震撼，那種感覺就是——小曼回來了！

這種感覺，眞是五味雜陳，複雜到讓他說不出話來。

猛然，君心腦袋挨了一記，「我還以爲你是正人君子呢。」楊先生板起臉孔，「修仙修到哪兒去了？看到女孩子就失了魂！」

「她、她是你外甥女？」他猛然抬頭，心裡湧起更多的疑惑和希微的希望。

「我在人間活動，需要有家庭掩護。」楊先生還是那種一號表情，「既然有姐姐、姐夫，那他們的女兒不是我外甥女，那要叫作啥？只是她體質特殊，被許多妖怪喜歡，身為人家的『舅舅』，能夠不管嗎？」

「……她是人類？」君心心裡湧起濃重的失望。

「不信你可以自己看。」楊先生露出不耐煩的表情，「不要跟我說你這樣修煉到有元嬰的修道者，連是不是人類都看不出來。」

就是看得出來……他才會分外的沮喪。

這不但是鬼屋，還是妖怪窩。

吃晚飯的時候，君心下了個結論。

這棟別墅共有三層。一樓是客廳、飯廳和廚房，二樓是一套房兩雅房，三樓是兩間套房。楊先生和他的外甥女住在三樓，其他的房客都住在二樓。

至於煮飯的小咪……他不想問她住在哪。

大概是某根大樑上吧！他們哪裡找來這隻蝙蝠妖來當女傭……

其他兩個房客幽幽的下了樓。一個是臉孔蒼白喝著番茄汁，什麼也不吃的年輕人，一個是身上的香水味可以嗆昏蒼蠅的妖嬈都會女郎。

君心望了望年輕人。嗯，聽說有些吸血族改吃素，但是喝番茄汁……算不算舊情難忘？至於那位「女郎」……幫幫忙，噴再多香水，她的味道還是聞得到，月圓的時候會不會跑出去狼嗥啊？

看來看去，這個詭異的「家」，只有那個滿面平和的少女是人類……還是體質清靜，採補妖眼中的絕品上貨。

這個天人是腦筋故障還是太過純真？最少也招些正常人類來當房客吧！在妖怪房客面前擺個上好的食物……是想考驗自己的外甥女可以生存多久嗎？

「你……」他找到機會，咬牙切齒地對著楊先生低語，「你要我在妖怪窩裡保住一個好吃的人類？你會不會太高估我啊？」

「他們都是好人。」楊先生擦了擦金邊眼鏡，「呃，很好的『移民』。最少在我的屋子裡，他們不敢作怪。」

「難道你的外甥女都不出大門的嗎？」拜託，她起碼也會去上學好不好？就算是學分班的學生……他也碰過幾次欸！

「有我的加持。」楊先生信心滿滿的回答，「這種程度的『移民』是傷害不了她的。」

這種程度……等等！君心目瞪口呆地看著他。那兩個妖怪房客目測大約有五百年修行，一對一他大概沒問題，兩個一起上可能就有點吃力，加上要保住一個血統純正的人類少女……

楊先生的意思是不是，他要打發的比這兩隻妖怪房客還厲害很多很多？

重點不是打不打得過，而是他有沒有辦法保住吧？

「我找到房子就搬家……」他微弱地反抗。

「為什麼要搬？」楊先生奇怪地看他一眼。

「……因為太遠了。」君心勉強找出一個藉口，「你這兒到學校起碼要半個鐘頭。」

「哪會遠？」楊先生對他招招手，領著他到步行不到兩分鐘的山崖。「從這兒跳下去，可以直接跳到你們學校的相思林，大約幾十秒就夠了。」

君心發現，他跟天人的邏輯完全無法溝通。

「你認為我有翅膀嗎？」君心沒好氣地說。

「啊？你不會舞空術嗎？很簡單的，我教你好了……」

「這不是重點！重點是，我是來求學的正常人類！」君心用最大的聲量吼著，「你認為我可以這樣引起騷動嗎?!」

「……那加學個隱身術？」楊先生搔了搔下巴，「你不會連這也沒學吧？」

楊先生到底知不知道眞正的重點？這不是餐風飲露的時代了！他總要有個大學學歷可以養活自己吧？楊先生該不會以為他現在不用上學，將來不用上班，光喝西北風就能活了吧？

「算了，當我沒說吧……」他跟不食人間煙火的移民實在有巨大的溝通困難。

君心幾乎是死心地住進天使公寓。

當晚，他瞪著霸佔浴缸的阿飄，阿飄少女也瞪著他。

「你要在這裡脫衣服？」阿飄少女虛弱地用氣音說，「我會害羞……」

羞妳個頭！君心忿忿的將浴簾一拉，「妳別偷看我就謝天謝地了！妳怎麼不去投胎啊？」

「我先來的欸……」依舊是軟弱的氣音，「我要跟楊瑾說，你欺負我，啊～～你真的脫了～～我會長針眼～～人家還沒嫁欸～～」

靠靠靠邊站啦！君心狼狽地抱著衣服往外衝。幸好還有間衛浴是共用的。

結果大開的浴室裡，都會女郎正拿著刮鬍刀刮她的臉頰，君心含糊地說著對不起，一面要往外退。

「唷，小哥兒，跑那麼快幹嘛？」都會女郎妖嬈地靠著牆，在毛巾上抹著刮鬍刀，「那騷蹄子阻你洗澡？正好我也要洗，一起來吧～～」

一個人類的忍耐是有限度的。君心殺氣騰騰的衝進房間，拿出了桃木劍，又殺氣騰騰的衝出房門。

都會女郎嚇白了臉，「救命啊～～強姦啊～～」

「妳馬上給我滾出浴室！」君心發狠了，「我要洗澡！現在！馬上！快給我滾出去！」

「……你好壞。」都會女郎哭了起來，「你不去趕殺你房間裡的那個小騷蹄子，跑來驚殺奴奴！楊瑾～～楊瑾～～你來評評這個理……」一路哭一路走了出去。

天啊，他只是想洗澡而已！君心真是疲憊到不行。

未來的日子怎麼過喲……

第・二・章

天使的女兒

在這個絕對不正常的公寓裡，愛鈴的存在就像是天使一般，有她在的地方，就會有寧靜的空氣，也勾起他無窮的思念……

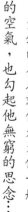

二樓傳來驚天動地的慘叫聲，只有愛鈴不安的抬頭，其他人倒是司空見慣地繼續吃早飯。

「舅舅……」愛鈴開口，楊瑾卻只是懶懶地抬了抬眼。

「不用擔心。」楊瑾氣定神閒，「我們的房客挺得住的……」

話還沒說完，氣急敗壞的君心連滾帶爬的衝下來，「我我我……我一定要收了那個該死的阿飄！人家在睡覺，她把臉靠那麼近是想嚇死我啊～～」

「好啊。」楊瑾繼續吃著稀飯，「如果你辦得到的話。」

「區區一隻阿飄，我會辦不到嗎？」君心怒火狂燃的衝回樓上去了。

先是一陣乒乒乓乓，然後又歸於寂靜。

愛鈴注視著上方，感到一陣陣的不安，手一偏，將湯灑了些出來。「舅舅……」

「沒關係的。」楊瑾順手拿過抹布，擦了擦桌子，「相信我看人的眼光。要不要緊？有沒有燙到？」

「不不，沒有……」她有些笨拙的捧起湯，「眞的沒關係嗎？」

這麼多年了，她依舊手腳不太聽使喚。楊瑾憐愛的撫了撫她的長髮。

當年，狐仙帶著她來時，她還是滿臉茫然、不斷哭泣的小女孩。狐仙封印了她的記憶，只求他什麼都別問，找個人類家庭讓她棲身。

楊瑾猜想，這可能是個大劫餘生的可憐孩子。雖然東、西方天界互不往來，他和狐仙的私交卻很好。他也知道，狐仙收養了一個人類棄嬰。他和狐仙都很無奈的，喜愛著這片萬丈紅塵。

「怎麼你不看顧她呢？」他有些不忍的抱過啜泣的清麗小女孩，她這樣柔弱信賴的抱著他的頸項，觸動了一絲憐弱的溫柔。

名爲狐影的狐仙含糊的做了個手勢，「你也知道要封天了，都城的妖魔仙神要比以前多好幾百倍，眞成了國際大都市。我那兒人來人往……你瞧我的養女狐火，讓我養得都沒了人氣，倒還比較像狐族呢！這孩子體質又特殊，適逢大難……你瞧瞧她的體質就好，是能放我那兒麼？」

眞是清靜的體質。乾淨得像是剛出生的嬰兒，靈魂一絲瑕疵也沒有。他的心情有一點沉重……這樣乾淨的體質很容易引來魔物的覬覦。

「帶她走，連我都別告訴我去處。」狐影懇求著，「這孩子被盯上了，最好連我都不知道，萬望你看顧著她一些……死亡天使楊瑾大人。」

「你也知道我是死亡天使？」楊瑾很無奈，「我管死不管生。你眞要託付，怎不託付其他的天使？」

「我坦白說，西方天界我只信任兩個人。」狐影不免有些尷尬，「六翼的死神先生和你，碰巧你們都是死亡司的……念在我們往日交情，請你多少看顧吧！」

老實講，西方天界楊瑾也只相信六翼而已。

「你都說了，我能說不麼？」楊瑾抱著哭到睡著的小女孩，「我盡力就是了。」

狐影看了看孩子，滿眼不捨和心酸。「楊瑾，別告訴我這孩子的下落。我怕我忍不住去探望，引得覬覦者害了這孩子……」

似乎不是託孤這麼簡單。楊瑾心裡雖然疑惑，卻沒有多問什麼。狐影行事謹慎，不會沒來由的這麼神祕。

等他帶回孩子，隔了一夜，恍然了解了狐影的神祕。

只一夜的光景，那小女孩猛然長了一歲。原本有些過大的衣服繃在身上。七天裡天天如此變化，接過手時，不過是個六歲左右的孩子，一週後，儼然是個小少女了。

雖然是個手腳笨拙，不時跌跤，眼神茫然的少女。但是她清麗不可方物，加上清靜澄澈的靈魂……不管是人還是眾生都會免不了對她垂涎。

他不了解為什麼會這樣。雖然聽說過東方妖族有所謂的化人修煉，不過那是從胎兒開始，不可能有這樣急遽的變化。

她是人類，無疑的。不管是從死亡天使的角度還是醫生的專業來看，她都是人類。但是他不明白，為什麼有這樣的變化。

東方衆生，果然很神祕，楊瑾想。狐影急忙的將她託給自己，果然是逼不得已的選擇。

一週後，她的變化停止了。原本淚流不已的她，停住淚，困惑的抬起頭，「我……我是誰？」

這雙美麗的眼睛……美麗到幾乎不似人的眼睛……讓楊瑾下了個決定。

「妳是我的孩子。」楊瑾溫柔的捧著她的臉，使用神通掩住她的豔光，讓她變得清秀卻不起眼，「我會一直保護妳的。」

楊瑾在人間的身分是療養院的大夫。正因為他有人間身分的掩護，所以才可以光明正大的執行職務，不用受神魔條例的規範。

但也因為如此，他使用神通是有限度的。他沒辦法憑空變造出一張身分證，隨便的將這個小少女成為自己的養女。

但是療養院原本就是生死交替的地方，很剛好的，一個腦性痲痹的少女過世了，楊瑾悄悄的埋葬了她，偷偷地將狐影託付給他的女孩換了過來。甚至，為了她，他還違反了規章，修改了病逝少女父母的記憶，成了那女孩的「舅舅」。

若是被抓到，他大概會被革職吧？

但是在那雙美麗的眼睛之下……誰又在乎被革職呢？名為甥舅，這孩子幾乎是他養大的。他憐惜這樣澄澈的靈魂卻受困在不自由的身體裡，一路成長跌跌撞撞，他盡心呵護這朵可憐的小花兒，看著她一天天成長，心裡有著無限滿足。

他曾經豔羨過人類的父母，然而現在，他也擁有自己的小女兒了。

他和狐影都很可悲吧！這樣的喜愛人類，喜愛一種相對於他們這樣無窮歲月的仙神，來不及長大就會死亡的短促生物。

但在他看護得到的時刻，他會一直愛著她吧……宛如父親一般。

「……我還是去看看吧。」愛鈴心不在焉地喝完了湯，小心的捧起自己的碗，放到洗碗槽，然後很慢很慢的爬上樓梯。

她知道自己和一般人不相同。有些時候，她會覺得手腳都不是自己的，指揮不太動，若是不留心，很可能會在樓梯摔一跤，一路滾下去，那很糗。所以她一向動作很慢很慢，尤其是舅舅在家的時候。

每次她摔倒了，受傷了，舅舅從來不會罵她譏笑她，卻很心疼。就算什麼也不說，但看到他的眼睛……她會很愧疚。

但是她實在擔心飄飄。即使是衆生，坦白說，她對衆生的認同感比人類多太多了。

她探頭進去，只見飄飄啜泣著訴說她悲慘的身世，君心轉頭看著窗外，頰上隱約有淚光閃爍。

「……你說，我能害他嗎？」飄飄泣訴著，「我已經不能生育了，他又那麼喜歡孩子，我只能不斷地逃避這段感情，但是他又一直追來……我也很矛盾、很痛苦……嗚嗚嗚……我當初該堅持的，才不會結婚以後，產生這種悲劇……終究他還是需要孩子，才會跟外面的女人生小孩，是我不好……只是我怎麼終止這種絕望？最後只好在浴室裡割腕解脫……」

「那種爛男人死了算了！妳也眞傻，居然走了這條路……」君心開始抽面紙，淚水潸然而下。

搔搔臉頰，愛鈴有點尷尬地笑，她走進房間，默默的到書架上取下一本粉紅封面的小說，遞給君心。

「哎呀，愛鈴！」飄飄趕緊隱入牆中，「妳怎麼這樣啦……」

不明究裡的君心翻了幾頁，臉孔黃了起來，「這情節，好像很眼熟啊……」太陽穴的青筋激烈地鼓動。

「飄飄生前是言情小說家。」愛鈴忍住笑。

靜默了片刻，下一瞬，君心把小說砸在牆壁上，「死阿飄！是好漢子就出來跟李爺鬥一鬥！別躲在牆裡面裝烏龜！」

「……誰跟你是好漢子？」飄飄依舊是虛弱的氣音，「你不是好男。俗話說，好男不與女鬥……」

君心的腦神經發出清脆的斷裂聲。他從小封陣取出兩把靈槍，「看我炸了妳的牆啊啊啊～～我不收了妳誓不爲人啊啊啊～～」

「救命啊，殺鬼啦～～」飄飄穿牆到隔壁，氣炸的君心捏著手訣也穿牆追了過去，他修煉得有點過分的好……靈彈不但能夠傷害衆生，還將家具打了個稀巴爛，像是暴風一樣掃過了整個二樓。

「楊瑾，我的化妝品都毀了。」坐在樓下吃早餐的女郎傾聽樓上的動靜，不滿地嘓著嘴。

「還有我的電視。」吸血族少年有氣無力地說。

「等等誰要打掃？」小咪也抱怨了。

「好好。」楊瑾敷衍著，「反正冤有頭債有主。」他清了清嗓子，對著樓上喊：「李君心！你繼續砸沒關係，反正我很需要人看家，照目前的損失……」他飛快的心算了一下，「你大約要幫我看家到研究所畢業了。」

聲音雖不大，卻像子彈一般打入君心的耳朵，匡的一聲，他的靈槍掉在地上。

天啊～～這不會是眞的吧？環顧滿目瘡痍，他的心頭一陣陣發冷。

「我……」君心衝下樓，「我不想……」我不想住在這個鬼地方啊！

「砸一砸打算一走了之？」楊瑾點點頭，「反正我有你的學生證影本，還有諸多『人』證，你不想畢業的話，搬走沒關係。」

住進來的第二天早晨，君心打掃到期末考差點遲到。

他很絕望的發現，他已經上了賊船。

其實，天使公寓也沒有很糟糕嘛。考完這節期末考的君心安慰著自己。最少環境清幽，滿眼綠意，地勢高，從大大的窗戶看出去淨是藍天白雲，宛如一幅圖畫。

稍稍的低了低眼……他僵住了。不遠的山坡上佈滿了墳墓。

可見天使公寓地靈人傑，「風水」好的勒！

好到讓他想哭啊！

君心悶悶的將行李打開，一樣樣的擺設好，當他把電腦裝起來的時候，突然想到網路的問題。

這個糟糕……沒有網路他怎麼找資料寫報告？這個充滿妖怪和鬼的公寓怎麼會有那種高科技的東西……欸！他說不定找到個很棒的理由可以脫離苦海了。

「楊先生！」他匆匆衝下來，聲音和嘴角都不自覺的上揚，「網路！我很需要網路的！沒有網路我的報告不能寫，雖然天使公寓滿好的，但我還是住到暑假結束啊……」

「誰說我們沒有網路的？」楊瑾橫了他一眼，「小咪，去幫他安個無線上網。」

小咪啃著桃子，「好，小意思啦。」施施然的往君心的房間走去。

一隻在當女傭的小蝙蝠妖會裝無線上網？就算要裝，雙手空空的是打算怎麼裝啊……？

只見小咪將桃子啃乾淨，剩下一個桃核，然後朝著桃核發出人類耳朵聽不見的超音波，在超音波的洗禮下，桃核吸收改變了自己的頻率，因為某種令人不解的緣故，嗡的一聲，居然讓電腦火速接上了網際網路。

「應該可以了。」小咪對著桃核吹了口氣，變出一個UBS的插頭，在目瞪口呆的君心面前，大剌剌的插進電腦主機下方的插座。

於是，他的電腦插著一個桃核代替無線上網接收器，上面還有蝙蝠妖的口水。

「這個那個……」君心漲紅了臉，胡亂的揮著手，「妳覺得電腦上面插個桃核能看嗎？」

「好用就好啦！」小咪不太耐煩地說，「哎唷，人類就是囉唆！」閉上眼睛想了一下，對著桃核吹了口氣。

那個桃核搖身一變，成了個MP3外型的漂亮外接式接收器，小巧玲瓏，還會一閃一閃的發著寶藍色的電光。

「這樣總可以了吧？」小咪很欣賞自己的傑作，「記得澆點水保持溼潤，定期點些植物營養劑，這樣才不會壞掉喔。」

「妳開玩笑?」君心有點欲哭無淚,怎麼可以朝著電腦機組澆水啊~~

「這是個活生生的接收器,而且還有我的妖氣加持。」小咪搔了搔頭,「不澆水是會故障的,人類就是會大驚小怪。我跟你講喔,我的打掃範圍不包括你們的房間,自己的房間自己處理,知道嗎?嫌我家事不夠多麼……」一路牢騷,小咪一路走出去。

看著這個閃藍光的接收器,想想它之前的模樣,君心對於這樣「高科技」的「產品」,有種深沉的無力感。

「我想住在正常的環境啊~~」他發出絕望的怒吼。

「……我們家,還算是正常呀。」拿點心進來的愛鈴有點尷尬地笑。

她的聲音、容顏,還是可以輕易的讓他感到痛楚。明明一點都不像,但是就會勾起他的思念。

他硬生生的將頭扭開,「妳一個人類住在這種滿是妖怪的屋子裡,對妳實在太不好了!妳應該多多和人類接觸……」

「是呀。」愛鈴溫順的點點頭，「所以舅舅才說要找個人類來當房客。」

……所以說，他就是那個倒楣的人選嗎？君心差點掉下眼淚。

「其實，他們心地都很好。」她小心翼翼的在桌子上放下熱騰騰的包子，動作遲緩，還有些拖著腳。「相處久了你就明白了。」她的目光溜到主機上的接收器，不禁笑了起來。

「這次是桃核，眞可愛……」

「她還要我往上面澆水！」這實在太違反常識了！

「是要澆水啊。」她清秀的臉孔湧出甜蜜純潔的笑容，像是天使般的聖潔，「而且還會冒出小小的葉子喔，很漂亮。」

之後，愛鈴很好心的拿了滴管和營養劑過來，君心本來不想接，但是他無法拒絕愛鈴的好意。

反正會壞就是會壞，壞了以後他就有藉口搬家了！

不知道是失望還是驚喜，滴了幾天的水和營養劑，那個閃著藍光、有著MP3

外型的接收器，居然開始發芽，抽出幾片漂亮可愛的葉子，成了他桌上生氣盎然的迷你盆栽。

……他是住到一個詭異的地方了。

令人虛脫的大考考完不久，蟬聲嘹亮的暑假也來臨了。

君心在天使公寓住了下來，雖然帶著很多無奈。

這個暑假，據楊瑾說，他必須出差，所以君心別想去別的地方，只能乖乖待在天使公寓。

他已經徹底放棄掙扎了。每天早上在窗下做著早課，已經可以漠然的面對在屋裡爬來爬去試圖干擾他的死阿飄；也可以在女郎佔用三個小時的洗手間時，握著桃木劍去趕人——桃木劍的破壞力比較小。

但還是會被躲在樓梯轉角的吸血族少年嚇得跳起來。

「你躲在這裡做什麼？」驚嚇過度的君心火速地拔出靈槍。

「找靈感。」少年虛弱的回答，旋即抱住腦袋，「繆思女神……我是這樣愛您，請不要對我這樣殘忍……」然後開始撞牆。

……他想搬家。君心絕望的收起靈槍，覺得人生眞是佈滿黑暗。

但是他的絕望觸及愛鈴平和的笑容時，又消失得無影無蹤。

天氣熱，庭園的花草都需要澆水，她接了水管，愉悅的在園子裡噴灑著水柱。這個絕對不正常的公寓裡，她的存在像是天使一般，雖然她這樣不起眼，但是，有她在的地方，就會有寧靜的空氣。

和勾起他無窮的想念。

不知道小曼，現在在何處？百年如此長久……他眞有辦法修煉成仙，在遙遠的彼岸和小曼重逢？他有些鼻酸的感覺。

抬眼看到君心，愛鈴溫柔的笑笑，「還習慣嗎？」

君心沉默了一會兒，「讓我想起幻影咖啡廳。」小時候不懂事，長大一點才知道，這群叔伯阿姨眞會害死他。衆生善惡不一，但是他接觸了太多良善的衆生（雖然很雞婆），卻因此對於異類的衆生失去了戒心，差點因此沒命。

此後他對衆生抱著敬而遠之的態度。只是沒想到因緣際會，居然又住到妖怪窩。

「幻影咖啡廳？」愛鈴突然茫然起來，失神地讓水管掉在地上，噴溼了他們兩個。

君心狼狽的跳起來，趕緊撿起水管，不然他們倆可能濕透了。不一會兒，他的心突然緊懸——爲什麼她聽到「幻影咖啡廳」會失神？

「哎呀，我就是笨手笨腳的。」愛鈴清醒過來，不斷道歉，「對不起對不起……」

「妳……去過幻影咖啡廳嗎？」君心湧起了一絲微弱的希望。

愛鈴偏頭想了一會兒，突然笑了，「沒有。我想我把『有一間咖啡廳』弄混了。你知道這家嗎？在國際街那邊，離我們不很遠，他們的餐點很好吃喔！幻影咖啡廳是什麼地方？在哪裡？」

微弱的希望熄滅了，取而代之的是更濃重的失望。「在都城。許多衆生在那兒聚會，沒什麼，很普通的咖啡廳……」他的聲音愈來愈低，愈來愈絕望。

愛鈴瞅了他一會兒，將水關了，拖著腳步走上門前的階梯，拍了拍旁邊，君心沮喪地挨著她坐下。

「君心，你搬進來之前，我們就見過面了。」她的臉孔微微發紅，「其實我該叫你學長。」不知道爲什麼，她覺得叫君心比學長自然多了。

「妳還記得？」君心苦笑起來。

「嗯，你將我誤認成別人……」愛鈴偏頭想了想，「小曼。」

往事如潮水般洶湧澎湃，君心將頭別開，不想讓她看見眼中漸漸濃重的淚霧。這名字，一直是他心底的一個傷口。一個不願意痊癒也痊癒不了的傷口。滴著血，混著淚，思念不斷的徘徊累積，永遠也好不了的傷口。

「我會讓你想起她？」愛鈴臉上充滿了悲憫的同情。

「其實……」君心解釋，「其實妳們一點都不像。我、我……我不知道爲什麼會誤認……我很抱歉。」淚霧愈來愈濃重，幾乎要滴下來。他已經是成年人了，君心提醒著自己，在不太認識的女孩面前哭，是一件很丟人的事情。

愛鈴沒有說話，只是靜靜望著天空飄過的雲。「君心，有些時候我會失神，不知道飄到哪兒去了，就算有人靠著我的肩膀哭，我也不知道，更不會記得……」

他一再吞著聲，終究還是靠在她瘦弱的肩膀上哭了起來。

相思太苦、太苦，每一天每一夜的折磨，他已經挺不下去了。

愛鈴的體貼，讓他終於可以宣洩自己的痛苦。

模模糊糊的淚眼中，他想著，天使公寓裡頭的確住著天使。

姑且不去管她的人類身分，她眞的是，慈悲天使的女兒。

第・三・章

戀神祇的魔族少年

君心攤開吸血族少年揉成一團的畫，只見一雙眼睛在左上方，一張嘴巴在右下方……坦白講，猩猩都畫得比他好。

雖然說，君心住的房間號稱「套房」，也的確有個媲美豪華飯店的大浴室，舒適到可以兩人共浴的按摩浴缸更是洗刷得閃閃發光。

但是，他幾乎沒用過套房內的洗手間，都衝出去和其他房客搶公共浴室——畢竟，沒有幾個人可以忍耐浴缸裡躺著一隻阿飄。

但是你知道，人總有晃神的時候，尤其是剛剛睡醒，下意識的走入自己的洗手間也是人之常情。

只是走入洗手間，發現自己豪華晶亮的按摩浴缸水波蕩漾，當中躺著一個無神地張著楚楚可憐的大眼睛，頭上帶著花冠，身上衣著若隱若現、被水浸透，在水波下載沉載浮的美麗——

屍體。

沒有尖聲大叫、心臟差點罷工的人應該不存在吧？

剛睡醒的君心讓這淒美卻恐怖異常的景象嚇得頭髮幾乎統統站起來，淒慘地叫出來，結果浴缸裡的「屍體」也跟著坐起來尖叫，場景說有多恐怖淒厲就有多恐怖淒厲。

互相叫了好一會兒，君心拔出靈槍，「屍體」一行哭，一行控訴：「我就知道你想幹掉我很久了……先是亂叫嚇死人家，現在又把槍拔出來威脅我……愛鈴！愛鈴～～君心又欺負我了～～」

驚魂甫定的君心這才認出來眼前這隻該死的「屍體」是飄飄扮的，氣得恨不得馬上打爆她的頭，「妳妳妳……妳想嚇死我啊！沒事在這兒裝什麼屍體？快給我滾出去！混蛋！」

「你居然罵美貌的少女是混蛋！愛鈴～～君心罵我啦～～嗚～～」

君心氣得連話都說不清楚，又聽見旁邊傳來一句幽幽如鬼泣的控訴：「你毀了我的傑作……」

君心嚇得跳起來，貼在門上喘氣。只見吸血族少年憂鬱的坐在馬桶蓋上，手裡還拿著素描本。

「完了，完了……」他將畫從素描本撕下來，揉成一團，掩面哭著，「一切都毀了！這是我這段日子以來最好的作品啊～～繆思女神啊，我又失去和妳見面的機會……我活著還有什麼意思……」

吸血族少年哭著，一路穿牆回到他的房間，不久就傳出頻頻撞牆的聲音。

「吼～～你糟了。」飄飄濕漉漉的從浴缸爬出來，「他好不容易才有靈感，我們喬好久才把姿勢喬好欸！你不知道，要在浴缸裡載沉載浮難度很高，而且衣服要濕到恰到好處更是門大學問……」

「你們到底在幹嘛?!」君心怒吼出聲。

「你是瞎子？」飄飄瞪了他一眼，一面擰著裙子上的水，「我是淒美的自殺少女模特兒，擺姿勢給他畫畫啊～～」

畫畫？君心狐疑的攤開揉成一團的畫。只見一雙眼睛在左上方，一張嘴巴在右下方，中間畫了個小孩塗鴉似的帆船，還有太陽星星亂七八糟的……

他看過猩猩作畫。坦白講，猩猩畫得比他好。

「妳確定他在畫妳？」君心直到今天才明白「鬼畫符」長什麼樣子。

「你不懂藝術，君心。」飄飄很義正詞嚴的指過來，「唔，雖然我也不懂。」連鬼都不懂，那還藝個什麼術呀?!

君心正氣個七竅冒煙，不知道怎麼罵人……不，罵鬼時，原本很有節奏的撞牆聲停止了。這種寂靜有點不祥的氣味。

「哎啊，又上吊了嗎？」飄飄隱入牆中，「別這樣，快下來呀！上吊不能解決任何問題的……」

上吊?!不要跟他說吸血族為了這種小事上吊……君心慘白著臉過去踹門，一抬頭，差點昏過去。

那個吸血族少年眞的「掛」在天花板上。

是說……眞有這麼嚴重嗎？

「等等啊！等等！有必要自殺嗎？」君心拔出靈槍射斷了繩子，吸血族少年磅的一聲大響摔了下來，躺在地板上動也不動。

「喂喂喂！不會這樣就死了吧？醒醒啊～～」君心啪啪的打著他的臉，「不過就是張畫嘛！再畫過不就是了？男子漢大丈夫……」

吸血族少年狼狽地摀住自己高高腫起的臉，「我上吊沒死，卻快被你打成豬頭了……我不姓男子漢，也不叫大丈夫。我叫葉霜。」說著，忍不住熱淚盈眶。

「啊……不好意思。」君心有些歉疚地道歉，「你沒事吧？葉霜。」

「誰說我沒事？」他嚎啕大哭，「我好不容易有靈感了，你居然破壞我的傑作！我活著還有什麼意思……」

「吼～～」君心真的受不了了，「橫豎不過是一幅畫！反正畫得那麼差，重新畫過就是了啊！」他指著葉霜叫了起來。

換葉霜叫了起來，「停！不要動！就是這個姿勢，不要動！就是這種猙獰的表情！完全表現出人類的偏見與自私啊！太美了……太美了……繆思女神一定會眷顧我的！」

啊？君心一手指著他，一面尷尬的凝住。他在說什麼？

葉霜抓起素描本，刷刷刷的在白紙上狂畫，「千萬不要動！很快的……」

「我能不能先去洗手間？」君心開始想掉眼淚了。

「不行！」葉霜猙獰地叫了起來，「你去洗手間我就要自殺了！我會很快的！只要給我一點點時間……」

所謂的很快，是三個小時整。君心僵在那兒足足三個小時，終於在膀胱爆炸之前被恩准離開。

他到底是住到什麼地方啊……天啊……

他幾乎是悲痛的跟愛鈴泣訴。愛鈴同情的聽完，安慰的摸了摸他的頭髮，「君心，你眞是個好人，舅舅都叫我們別理他呢。」

「是呀，也可以不要理他是不是？反正吸血族又不是上吊就會死。」他有些氣餒的抹抹臉，「小曼姐也說我對衆生太好了。」

他有些悵然，「在我還小的時候，遇到許多善良的衆生。我曾經以爲，衆生都是這樣溫柔善良的，甚至比人類好。只是長大起來，這種毫無戒心卻……卻被利用了。」他的心情低沉了下來。

「你想說嗎？」正在剝扁豆的她拍拍旁邊，君心悶悶的坐下，幫著她剝，「你想說的話，我在聽。」

「……其實也沒什麼。」他熟練的剝著扁豆，「上高中的時候，狐影叔叔要我離開都城去磨練一下，所以我到外地念高中。我認識了不少人類的朋友，也有不少衆生的朋友，當中有一隻半妖……他的祖上曾經獻祭給龍，傳下他們這隻血脈。」

想到這段往事，他的心還會微微抽痛。

他和那個半龍少年結交成莫逆。在淒慘的學校生活中，這是第一次，他敞開心扉接受一個同年紀的「朋友」；而這個開朗的半龍少年也跟他非常投契，常常拉著他到處去玩、去瘋，著實讓他享受到所謂的青春時光。

但是眾生，即使不同於人類，卻有著跟人類相同的自私和卑劣。只是眾生的妖力高強，爲惡的時候更勝於人類的破壞力。

他要求君心替他卜算，說是對某些少女有好感，想要知道哪些女生適合他。君心雖然覺得好笑，還是幫了朋友一把，沒多久，這些少女中有人開始出了「意外」，或是車禍，或是溺斃，屍身往往不全。

君心覺得奇怪，爲什麼學校會出這麼多意外，懷疑是妖魔作祟，很認眞的去追查，但是總是遲了一步。而且，這些少女的名字他幾乎都知道……最少他的朋友都給過他。

他不願意懷疑，但是良心的不安卻愈來愈大。後來，他在倖存的幾個少女身上安下追蹤符，但這次他還是遲了一步，少女的心臟已經失去了。

月光下，他的朋友冷笑地叼著心臟，「唷，到今天才發現？你也沒有傳說中的那麼了不起嘛。」那隻半龍少年露出讓鮮血沾滿的白牙，「謝謝你幫我找到最適合我的食物呀……我就要變成龍了……變成眞正的龍了！」

他在月光下號叫，身形慢慢改變，變成了臃腫蹣跚的惡龍，然後撲上前，在呆若木雞的君心脖子上，惡狠狠的咬了一大口。

若不是潛修中的邪劍驚覺有異，不聽號令就從君心體內飛出，削過了惡龍的半個頭顱，君心可能沒命了。

「……為什麼？」君心摸著脖子上的血，愣愣地問。

「為什麼？人類本來就是我的食物。」瀕死的半龍少年奄奄一息的躺在地上，「太可恨了……只要吃下你，我就可以飛昇了……我要你的內丹，我要啊！」

他奮起最後的力氣，醜惡的龍爪幾乎要貫穿君心的腹部——結果，邪劍俐落的切下他的手爪，不耐煩的提點君心，「主子！你愣著等他開腸破肚嗎？」

「我……我想問他……」君心眼底的迷惘更深了，「難道一切的友誼、歡笑，都是假的嗎？他和我當朋友，只是因為……」

邪劍閃著微輝，「是啊，不然呢？他是隻渴望飛昇的半龍，還有什麼比吞服你的內丹更快的途徑嗎？」

半龍少年喘息了一會兒，失血過度讓他恢復了人身。他深深懊悔自己的失算，他以爲耗竭過度的靈劍們只能在君心體內潛修。

「救救我……君心……」他伸出僅餘的一隻手，「我錯了……只是我太渴望得到強大的力量啊！你也知道半妖受盡欺凌……我不甘心平凡過一生！只要你救我，我以後都聽你的……」

看著君心的茫然，他有些焦急，「救救我啊！我們不是好朋友嗎？」

君心看著他，眼中掠過一絲悲憫，半龍少年心裡冷笑：**人類真是種軟弱的生物，輕易的被友誼這種無聊的感情束縛……**

他的念頭還沒轉完，只覺得頸項一涼，君心頰上的淚是映入他眼中最後的光景。

君心殺了他第一個朋友。

從那天起，他不但對人類抱持著戒心，也對眾生開始保持著遙遠的距離。他終於明白殷曼的話，眾生善惡不一，他不能拿幻影咖啡廳那票叔伯阿姨當範本。

而且，他是罕有的修道者。貪求他的內丹、元嬰的衆生非常非常多，他非小心不可。

隨著他年紀漸漸增長，這世界安全的表象也漸漸褪去，他看到了眞正的「眞實」。

貪求他的力量、想竊取他的力量的，愈來愈多，愈來愈疲於應付。他漸漸明白狐影爲什麼要他離開安全的都城，出來歷練了。

他在接連不斷的戰鬥中，學會怎麼隱匿在人群中，不再顯露自己的力量。

只是，他的隱匿，也讓他成了一個孤獨的人。既不相信人類，也不相信衆生。

剝完了扁豆，君心也將他的故事說完，愛鈴沒有說什麼，只是按了按他的手。她的小手比一般人的溫度都低些，感覺很溫涼，卻充滿安慰。

「衆生，是善惡不一啊。」她溫柔的笑了笑，「有惡，自然也有善。」她抬頭望著葉霜的窗戶，「那邊就住著一個善良的衆生，或許有點癡。」

他是個吸血族。吸血族算是個悲劇性的種族，因爲只能吸食血液這種遺傳基因潛伏，還會隨著通婚感染，所以這隻魔族被放逐到人間，和甘願留在人間的妖族不同。

他們依舊抱持著魔族的驕傲，但是又不能適應人間的氣息。花了好幾世紀才適應陽光和溫暖的氣候，獵取人類作爲食物卻又遭到人類的頑抗，種族生育率低下到簡直等於零。

這隻日漸凋零的魔族居住在不適合的人間，像是舊俄貴族一樣撐著僅存的尊嚴。

葉霜，是出生率極低的吸血族流放人間數千年來，僅有的幾個孩子之一。他出生在人間，原本以血液維生，和一般的吸血族沒什麼兩樣。吸血的慾望主宰了他，他在暗夜裡到處尋找犧牲者，比一般吸血族更嚴重的是，在他的眼底，人類和衆生沒什麼不同，他甚至爲了刺激獵取衆生，不管他是仙神靈魔，或者是妖怪。

原本這樣的生活很愜意，他高強的魔力更讓他有恃無恐，只是……他怎麼樣都沒有想到，他會有致命的缺點，讓他走向另一種絕路。

在某個狩獵的夜晚，他侵入獵物的家裡，但那個人類連看都不看他一眼，只是全身充滿火燃似的狂熱，拚命的在畫布上塗抹顏色。

一個畫家，一個背後有著神祇的人類畫家。

將手搭在人類肩上的那個神祇也不看他，只專注在那人類塗抹的每一個筆觸上。

但是葉霜被擊倒了。他被一種瘋狂的情感主宰，遠遠的壓過食慾。

他的喉頭乾渴，鮮血卻再也滿足不了他。原本單純的血之貪婪，轉換成一種激昂的情感，讓他比渴求血液更飢渴。

那位神祇，那個任性、自私、蠻橫又殘忍的美麗神祇，徹徹底底的將他打倒，讓他失去呼吸和心跳……

從那一刻，他就成了繆思女神，愛的俘虜。

「看我。」他顫抖的伸出手，「看我啊！不要看那個卑賤的人類！來我這裡，成為我的吧！不管妳想要些什麼……我都會給妳，只要妳要的，我都會給妳！放棄那個人類，來我這裡吧！」

那位美麗的女神只冷淡的轉動宛如薄冰的瞳孔，「沒有人可以擁有我。即使是至高無上的上神我也不聽他的命令，更何況你這樣一個只有食慾的卑下魔族。」

「他是遠比我卑下的人類！妳為什麼把尊貴的雙手放在他肩上？這對妳是種侮辱啊！」葉霜深深的顫抖了。

「他創作了此生最美的傑作。即使世人不會看到。」她飄然於空，「與不會思考的眾生交談，這才眞的侮辱了我。」

然後，葉霜不管怎麼懇求威嚇，她都不再開口。

當畫家完成了畫作，她也消失了。

從那一天起，葉霜完全失去了吸食血液的慾望。他瘋狂的到處尋找繆思，看到的光景卻讓他更不能忍受。

繆思眷愛的，永遠是卑微的人類。葉霜殺死了她的信徒，她冷淡的眼珠只是轉動了一下，便漠然的尋找下個狂信者。

他受不了這個。他要繆思也這樣將手搭在他肩上，專注的看他畫的每一筆，寫的每一個字，做的每一個動作……不要再看到她冷酷的面容為了其他人微笑。

葉霜發現他無法當個好作家，便開始努力的畫畫。只有一次，也只有一次，他看到了繆思的翅膀在他的畫室閃了一下……然後就消失了。

他絕望到想要死，但是不死的吸血族連自殺都成了渴求，何況是已經可以耐受陽光和高溫的他。

最後他找上了楊瑾，因據說天界和魔界是死敵。

「你搞錯了。」楊瑾推推金邊眼鏡，「神魔協定已經上萬年，互相殺戮早是前塵往事。至於我，我是人類的死亡天使，你要的死亡，我給不起。」

葉霜絕望了。

「我聽說你到處尋找繆思？」楊瑾露出稀有的悲憫，「你錯了。繆思不聽任何命令，即使是上神或創世者。她想來就來，想走就走，沒人可以束縛。你想招她來，只能創作。」

「但她只讓我看她的翅膀！」葉霜發出痛苦的悲鳴。

「那就繼續創作，不斷的創作下去，直到她對你微笑爲止。」楊瑾托著腮，「死亡並不能解決任何問題，這是一個死亡天使的建議。活著就還有希望。」

「會有嗎？」葉霜像是看到一絲微光。

「你的歲月無窮無盡不是嗎？」楊瑾低頭寫著公文，「如果你答應保護我的養女，你可以在我的家裡住下來安心創作，直到繆思對你微笑。」

他接受了楊瑾的建議。

每一天都是狂喜，也都是折磨。他睜開眼睛就懷著期待，或許今天繆思會來；但是閉上眼睛要睡覺時，又覺得悲哀，因爲今天繆思還是沒有來。

他依舊失去所有食慾，只喝著楊瑾特調的番茄汁維持生命，唯一的生存目標就是——

繆思可以對他微笑。

等愛鈴說完，小咪已經煮好了中飯，飄出陣陣溫暖的香氣，但是，有種淒涼的寒意卻降臨到這山區酷暑的午後。

「與其說是美麗，還不如說是可怕。」君心下了個結論。「這樣無窮無盡、連命都不要的等待……」

「是啊，是種可怕。」愛鈴同意，「卻是種美麗的可怕。無人不冤，有情皆孽呀……」

她和君心都同時愣了一下。

君心的臉孔忽白忽青，突然觸痛了心裡最深的傷。

而她，原本無憂無波的心，卻緊縮而震盪。

這讓愛鈴，非常迷惘。

第・四・章

居住在都市的女郎

「我、我……我不會妖術。」

他有沒有聽錯？這個感覺起來很厲害，靈槍都打不中的女狼人，不會妖術?!

對於葉霜的癡心，君心絕對是抱著百分之百的同情的。

但是再怎麼同情，對於慘無人道的模特兒命運還是敬謝不敏。饒了他吧～～誰有辦法站著三個小時不動，還得擺出難度很高的姿勢……

「你找飄飄好不好？好不好?!」君心終於崩潰地吼出來了，「我是個普通的人類，硬要我站三個小時，會不會太沒有人性啊～～」

「就算我哀求你好了。」葉霜使出最終哀兵姿勢，「求你幫我這個忙，只有你才能表現出人類猙獰而卑劣的心境啊！我相信這一定會成為我的傑作，足以呼喚繆思前來！請你可憐純情而絕望的畫家吧……」

君心瞪著他。畫家？猩猩畫得比他好欸，講「畫家」兩個字，不怕風大閃了舌頭？

再說……什麼是猙獰而卑劣啊？

「我是哪裡猙獰哪裡卑劣啊?!」君心憤怒的揮拳。

「現在就很猙獰啊。」葉霜滿臉無辜，「至於卑劣……加上這兩個字聽起來比較順。」

比較順?天啊，來個人把這隻吃素的吸血鬼拖走，不然他怕控制不住，打爆了他的頭啊~~

「這是懇求人的態度嗎?!」君心再次怒吼。但是吼歸吼，他還是被留在畫室裡三個小時，一出大門就直衝洗手間。

他要搬家!他絕對要搬家!這種鬼日子他實在過不下去了。

剛上完廁所還沒把拉鍊拉好，他鎖得好好的廁所大門突然大開，他和女郎面面相覷。

女郎朝下瞄了瞄，假作不好意思的掩住眼睛，卻從指縫裡偷看，「哎呀，人家不好意思捏……但是你好有料喔，帥哥……」

走到哪兒都要被煩就對了!忍無可忍的君心拔出靈槍胡亂掃射，「我殺了你們這票妖怪!喔啦喔啦喔啦喔啦~~」

「救命啊~~君心又發瘋啦~~」女郎到處逃竄，「愛鈴，飄飄，救命啊~~」

逃進自己房間，尖叫著關上門。

樓上打得驚天動地，樓下飄飄正在享受她的香火，愛鈴和小咪一起喝著水果茶。

「看起來，君心也適應了這裡呢。」飄飄很老氣橫秋的說了一句。

「是呀。」愛鈴現在已經放心了，她知道君心再怎麼氣，也不會眞的打中誰，「他們感情愈來愈好了。」

「但是不要打得這麼用力好不好？」小咪不大高興的張開電磁網擋灰塵，「天花板的灰都掉下來了，別糟蹋我的茶。」

天使公寓平常（？）又歡樂（？）的每一天都是這樣安靜的度過。

灰頭土臉的君心下樓，氣急敗壞的喊：「到底什麼時候楊瑾要回來？我要搬家！我受不了了啦！」反正這裡宛如銅牆鐵壁，有誰敢來死亡天使的家搗蛋？

愛鈴微微吃了一驚，向來平靜和順的臉孔湧出傷痛和失望，「你……眞的要搬家嗎？」

別、別這樣看他！君心趕緊將臉一別，覺得心大大的動搖起來。別鬧了，他只愛小曼，不可能也不可以對其他的女孩動心……但是他真的抗拒不了她無言的懇求。

「也、也不是非搬不可。」他狼狽了，讓他更窘的是，飄飄和小咪竊笑著互相撞肘，一個跟著一個溜掉了。

喂！別在這種時候撇下他一個呀！讓他一個人面對愛鈴，他實在……

「我知道他們是有些頑皮，不過只是不懂人情世故。」愛鈴凝視著他，「這裡真的那麼不好嗎？」她自己也覺得有點奇怪，舅舅常常憂慮她的情緒過分平靜無波，出塵得不似人類，但是面對君心，總會勾起她一些莫名的惆悵。

緣起緣滅，這就是人生。她一直都能夠平心靜氣的面對這種變化，但是，她對君心，會不捨。

她不明白這種不捨，清秀而平凡的臉孔露出幾絲迷惘。

「不不不，我並不是覺得跟妳住在一起不好……事實上，妳一個正常的人類，也不該在這種妖怪窩過日子！並不是每個眾生都這樣無害，妳若失去戒心……妳看看我的例子，我……」君心一時激動，衝口而出：「如果可能，我是想把妳帶出這個妖怪窩的！」

一說完，兩個人都是一呆，各自將臉別開，紅了臉。

「我、我的意思不是……」君心慌張的想要解釋。

「你、你不用說了，我知道……」但是愛鈴卻不敢把頭轉過來。

兩個人一起陷入尷尬，好半天，既不敢走，也不敢說話。氣氛有些羞，卻暗暗的帶著絲微曖昧的甜蜜。

「你們在幹嘛？」跑進廚房開冰箱的女郎奇怪的看他們兩個一眼，「難道……這就是傳說中的戀愛？」

惱羞成怒的君心拔出靈槍，「戀妳老師啦！沒吃過子彈是不是？賞妳幾顆嚐嚐！」

「救命啊～～」女郎抓著布丁，一路衝上樓梯，「愛鈴，妳看他啦！我要跟楊瑾講，君心都在欺負我……」

等他們衝上樓，愛鈴才悄悄的呼出一口大氣。

其實，她是有些感激女郎的攪局，不然，她還真不知道怎麼辦呢！戀愛？不可能吧？她笑了起來，有些苦澀的。

依舊是不太聽指揮的手足，依舊與人群格格不入的心。她真的懷疑，自己真是人類嗎？

望著窗外，她陷入了沉思。

在這夏天的午後，開始劈哩啪啦的下起雷陣雨……

大白天的，就在籬笆邊出現妖怪。正在朝花圃澆水的君心很無言。

看起來也是有幾分道行的妖怪，瞧她那種懶洋洋、嬌滴滴的風情，八成是隻老貓。但是這隻仍有耳朵、尾巴和爪子變化不過來的女妖，不潛入屋子找愛鈴麻煩，卻在飄飄面前哭了起來。

「他怎麼可以不相信妳？」貓妖握著手帕哭，「男人眞的好沒有良心……」

「可不是嗎？」飄飄也哭著，「他一直懷疑我跟他的好朋友有染，哪有這回事？只是他的好朋友就是我的好朋友，愛屋及烏不懂嗎？我怎麼知道他的好朋友會到我們公司來上班？上下班時間一樣難道也是我的錯？他完全不相信我是那麼的愛他，嗚……」

「妳眞是太可憐了！」貓妖用力擤鼻涕，「妳怎麼這麼傻？爲了那種破爛貨結束自己美好的生命……」

「我、我愛他愛到無法自拔呀！」飄飄泣訴著，「離開他我生不如死，不離開我死不如生，實在不知道怎麼辦才好，只好一死了之。就算死了，我也捨不得他，這才在這裡束縛這麼久。請妳不要傷害他的孩子……她是我愛的人的孩子呀……」

「什麼？那個人類少女是妳愛人的小孩？」貓妖擦了擦眼淚，「妳……真是太令我感動了！即使是個妖怪也要對你肅然起敬！我明白了……哪裡找不到好的採補對象呢？又不是非要這個少女不可。但是妳還是趕緊投胎吧！活著是多麼美好，忘記過去的痛苦吧，我會多燒些紙錢給妳的……」貓妖忍不住嚎啕了起來。

飄飄勉強忍住哭泣，終究還是忍不住，「時光可以帶走一切，帶不走我對他怒濤般的愛意啊～～」

一鬼一妖抱頭痛哭，最後貓妖顫抖著雙肩泣別了。

兵不血刃，三言兩語打發了一隻看起來很厲害的妖怪。

「我能不能叫妳唬爛第一名？」君心無語問蒼天。有飄飄這個唬爛大師在，根本用不到他看家吧？

「唬爛這種事情，本來就是讓專業的來比較好。」飄飄擦了擦眼淚，若無其事的飄回樹蔭下午睡。

他早該知道，言情小說家就算死爛了骨頭，就剩一條舌頭還完完全全，可以舌燦蓮花。

「妳到底還有幾種版本啊？」他起碼也聽過三種以上的版本了，但他到現在還不知道這個言情小說家的眞正死因。

「據說我寫了六十幾本書。」飄飄像是趕蒼蠅一樣揮了揮手，「別吵。昨天晚上我去說書說了一夜，很累的……」

「妳不要沒事就跑去後山的墳堆唬爛新鬼！」他眞的愈來愈受不了這個滿嘴謊話的死傢伙了。

事實上，她的確死很久了……

「你男人家懂什麼？恬恬啦。」飄飄不耐煩的翻身，「不然你讓他們做什麼好？我唬爛新鬼他們才有一些樂趣，肯乖乖安眠不去騷擾活人。我這是做功德你懂不懂？」

做功德是這樣做？將來不要燒紙錢了，直接拿妳的書去燒就好啦！

他覺得跟這票衆生同居眞的是很違背他的常識。

澆完了水，滿屋子靜悄悄的，幾乎屋裡屋外的人都在午睡，連小咪都穿著短褲小可愛倒掛在樑上睡覺。

是說，這眞的很違反常識啊！這鬼屋……

夏日炎炎正好眠。或許他該趁著飄飄躺在外面的時候也去睡個安心的午覺……突然，他的手機響了。

「喂？」陌生的手機號碼，不是推銷就是民調，「哪位？」

「嗚……帥哥，我被綁架了……」電話那頭傳來抽泣的聲音。

「去死吧！」君心火大的掛斷手機。這年頭，詐騙集團眞是愈來愈囂張了，隨便找個女的就想訛詐他嗎？

過了一會兒，手機又響起來。他沒好氣的接起來，「喂！我說你們想騙人也想點新招，這招已經過時了好不好？」

「……我想我是不會死。」電話那頭還在啜泣，「但是他們快死了……怎麼辦？我不是故意出手這麼重的，萬一眞的死了，楊瑾會打死我啦！哇～～」

欸？這、這聲音……這聲音怎麼那麼像女郎的聲音？

「妳在哪？」君心跳了起來。

「我、我在金錢豹附近的大樓……頂樓的出租小套房……」她哭著報地址。

人命關天。就算是綁匪的命也是命欸！怎麼有那麼笨的綁匪會跑去綁一隻妖怪？何況她是狼人呀！該死的今天是滿月……幸好現在是白天……

他急著團團轉，騎摩托車一定是來不及了……

不管行嗎？平常雖然打打鬧鬧，氣得他七竅冒煙，但是，畢竟是自己家裡的「人」。說起來，君心是很護短的。

好吧！他抱著胳臂冥想片刻，頭髮慢慢的長長，耳後隱約的翅膀漸漸成形、舒卷，巨大宛如天使的翅膀。

他終於可以控制變身，但實在不喜歡用這種模樣出現在眾人面前，捏了個手訣，他施展了隱身咒，但這只能瞞過凡人的眼睛，卻無法瞞過眾生。

他從天使公寓起飛時，可以感覺到無數眾生的眼光緊緊盯著他這個道妖雙修的修仙者。

強忍住不舒服，他隨著夏天熾熱的南風翱翔，飛入了都市的高樓之上。

他從落地窗的陽台飛進去時，女郎還嚇得跳起來，「妖怪呀～～」

到底誰才是妖怪？「妳夠了沒啊……」下半截的話咽了下去，整個屋子觸目驚心，幾乎是血泊了。東倒西歪了四五個大男人，入氣少出氣多，雖然沒眞的斷氣，但是眼看是不活了。

印堂都出現了死亡的陰影，眞的完蛋了。

「妳下手這麼重幹嘛？人類脆弱，略動動就是死了。」君心罵了起來，「雖然他們是綁匪，但也還是人類！妳明知道死亡天使規矩大，妳住在他屋裡，還在外面損傷人命，妳……」

驚惶的女郎終於認出君心，早已哭花妝的她哇地嚎啕起來，「人家也不是故意的嘛！他們撞了我的車，我下車查看損傷，怎麼知道就被他們架上車！好好跟他們說他們不聽，硬把我綁到這邊來……」

「妳不會隱身跑啊？狼不是跑很快嗎？」

女郎扭捏了一會兒，「我、我……我不會妖術。」

「妳再說一遍！」君心掏了掏耳朵。他有沒有聽錯？這個感覺起來很厲害，靈槍都打不中的女狼人……不會妖術？

「人家就是不會妖術嘛！」女郎伏地啜泣，「對啦，我只有力大無窮這個特色，不像狼人啦！我連變身都不會……你怎麼可以歧視不會妖術的妖怪？都是他們啦！不要打我的臉就沒事了……」

「他們怎麼可以打女生的臉?!」連君心都同情起來了，看了看女郎的臉頰，雖然說狼人痊癒力驚人，但還是可以看到淺淺的傷疤。大概是戒指之類的硬物割破的。

「死好囉，打女生的臉……」君心生氣起來。

「不行啦！」女郎一把抱住他的大腿，害他差點摔倒，「救救他們啦！我不想殺人，我喜歡人類，我喜歡啊……活著的人類比較好，活人才有交流啊……我喜歡活著的人類……」

君心無可奈何的看著這個哭哭啼啼的女狼人。雖然對這幫匪徒的厭惡感這麼深，雖然這隻死狼妖天天惹他生氣，但是她單純的心卻讓君心感動了。

「好了啦，別哭了。」雖然沒有多少把握……但是留住一口氣應該還可以吧？

他閉上眼睛，回憶著殷曼的歌聲。

很久以前，他看過殷曼施法。殷曼留在他體內的妖氣，也還有點殘留的記憶。

他閉上眼睛，俊秀的臉孔宛如女子，唇間逸出古老難解的溫柔歌聲，宛如金玉般和鳴，翅膀極展，像是向蒼天祈求。

女郎瞪大眼睛，看著屋內沙沙的下起珠雨，真如珍珠般……伸出手去接，卻隱沒在掌心，緩緩的升起一股溫柔的暖意。

像是連靈魂都被洗滌一般。

所有的血污都被洗去，連帶綁匪的黑氣。像是什麼事情都沒發生過，所有的一切惡念、傷痕，都讓珠雨洗淨了。

「哇～～」女郎和君心一起發出驚歎。

「你哇什麼哇？」女郎奇怪的看他一眼。

「我從來沒有使用過治療珠雨。」君心承認。他本來以為會把這些傢伙融成一團哩，不能說不是捏著冷汗的，「不知道效果這麼好。」

「……」女郎突然覺得，打這通求救電話實在很冒險。

「現在不溜還等什麼？」君心拖著女郎的後領起飛，「走吧。」

被拎著後領飛實在是很特別的經驗，但是快把她勒死了！

「喂！」女郎拉住君心的手避免被勒死，「一般來說，英雄不是該把美女橫抱起來飛？你拉著我的後領算什麼啊？」

「後領不好？」君心改拉住女郎的腰帶，「有便車搭就不錯了，吵什麼？」

好歹她也是紅牌的上班小姐好不好？這男人根本就是歧視妖怪！

氣悶的飛行，只見天使公寓就在眼前，女郎忽地大喊：「停車！停車停車！」妳當我計程車啊？君心不禁惱火，「停什麼車？快到家了，就算要上洗手間也回家再上吧！」

「就是快到家了才要停車啊～～」女郎開始掙扎，「算了，讓我下去！我自己下去！放我下去放我下去！」

狼人的確力大無窮，君心被她的掙扎拖得忽高忽低。拜託，下去？她想摔成一團肉餅？「爲什麼非下去不可？快到家了啊！」

「因爲他可能在家啊！」女郎停止掙扎，開始哭泣，「你看我的妝都花了，讓我下去啦……」

他？君心瞠目看著哭泣不已的她，心突然軟了。「妳是想去哪？」

「前面有個加油站，讓我去洗把臉……」女郎帶著哭聲，低低的說。

君心不語，捏了個手訣施隱身咒，在沒有人發現的情況下落地，恢復原本模樣。女郎如獲大赦般奔向加油站簡陋的洗手台，開始卸妝、洗臉，仔細的往自己臉上化妝。

看了好一會兒，君心觸動了憐憫。「他……該不會是楊瑾吧？」

女郎手一震，口紅畫出了唇，在臉頰拉出一道可笑又悲酸的口紅印。

看起來像傷痕。

「不要讓我分心！」她慌張的拿出面紙來擦拭，「怎麼可能？你胡說什麼？他是天使、是神靈，我是什麼？我連妖術都不會，沒有希望修仙的妖怪……你不要隨便侮辱楊瑾！」

她狠狠地擦著臉頰，口紅印拭去了，但是用力過猛卻在臉頰上留下更深的紅。她滾著眼淚拿出粉餅試圖掩蓋，只是眼淚又沿著臉頰蜿蜒。

君心沒有看她，卻說：「別哭了。眼淚會讓妳的眼線暈開，像是從瞳孔流出來一樣……很恐怖。」

「我用的是防水眼線！」女郎怒聲道，卻因此停了眼淚，重新補好了妝。

「我……看起來，怎麼樣？」左顧右盼，她不大放心的問君心。

君心帶著憐憫看著這個癡心的女郎，「妳很漂亮。」

她露出一個羞澀又悲傷的微笑，讓君心也感到同樣的悲傷。

「散步回去好了。」折騰了一整個下午，夕陽歸晚，天色猶然明亮，但是熾熱的風轉爲柔和清涼。這是個散步的好時間。

「嗯，好啊。」女郎凝視著遙遠的天使公寓，「你想，他今天會不會回來？」情天恨海，困住了衆生不盡。君心感慨，很感慨。

「妳叫什麼名字？」一起住了一個多月，他還不知道這位都會女郎的名字。

「我的名字是楊瑾取的。」她臉頰湧出兩抹霞紅，「我姓施，施女郎。」確定了哪幾個字，君心有些無言。還眞的叫作「女郎」勒！「楊瑾是西方天界的，難怪……」難怪不懂中華文化。

「我跟他說，我想當個人類。他說，只要活著就有希望。」女郎低下頭，「本來要姓老師的『師』，他說這個姓太冷僻了，他說想要成爲什麼就要像什麼，要我師法人類的女郎。」

她不太確定的抬頭，「我像嗎？我還像是一般的人類女郎嗎？」

「妳很像。不對，妳完全就是個生活在都會的女郎。」君心很鄭重的說。

她笑了。

生爲一個純種狼人，她的命運是很悲慘的。一般狼人族的孩子出生，是以幼狼的形態誕生，但她卻以嬰孩的模樣來到這世間。

她的出生引起父母劇烈的爭吵，後來族長確定她的血緣是狼人，但是近親通婚或者是其他的緣故，她無法變身爲狼，也無法學習妖術。

在人狼的家鄉，她備受排擠輕視和嘲笑，連父母親看到她都嘆氣，不願多看她一眼。

後來她在山區迷路，被人類拾獲，被賣到紅燈區。但是她很快樂，她突然快樂起來。

人類愛她，會擁抱她，稱讚她的美貌。妖怪對於人類的道德本來就很漠然，她也不認爲出賣靈肉有什麼問題，尤其是當男人抱著她的時候，她感覺人類是這樣的需要她，愛惜她。

後來一個常客愛上她，付了一筆錢，將她帶回家。

她雖然不知道什麼是愛，但是她懂得被愛的感覺。爲了被愛，她願意做任何事情討他歡心。

剛開始，她嚐到了一段無比甜蜜的愛情生活，但是，人心宛如春花秋露，凋敗得如此快速，在她還不明白爲什麼之前，她的男人又愛上了別人，要將她趕出大門。

失去理智的她想問爲什麼……卻在怒火中殺死了愛人。

她不知道怎麼辦好，只能倉皇逃去，但是愛人的血腥味卻一直留在她的身上。

在人間四處流浪，漸漸學會了人類的行爲模式，漸漸的學會了人類的生活習慣，學會了如何使用金錢。她從這片土地流浪到那片土地，等她到了這裡，五十年已經過去了。

她不明白的是，她還是重複著相同的罪行。被愛，然後被棄，失去理智的怒火讓她殺了人，愛人們的血腥味愈累積愈濃厚……

明明她這樣的喜愛人類。

她第一次和楊瑾見面時，即將氣絕的愛人躺在她膝上。這次她沒來得及殺他，他已經快被心臟的痼疾帶走了……

茫然的像隻暴風雨下的小動物，她瑟縮的看著這個無比燦爛光亮的死亡天使。

「他的壽終，使妳少犯了一次罪行。」楊瑾靜靜的說。

「你能讓他活過來嗎？」女郎虛弱的請求，「請你讓他活過來，我馬上離開！只要我不來找他，就不會殺了他……我會盡力不去想他、找他，請你讓他活過來好嗎？」

楊瑾頓了一下，終於正眼看著這個身上有著血腥味的狼人。

「我喜歡人類。我從來不想殺任何人……活著的人我才能有交流啊……」她哭喊著搖著氣絕的愛人，「醒來啊！醒來！我不想殺你，我也不會殺你了！我明白了，現在我明白了！我走就好了不是？你還會活下去……總有一天，我不生氣了，還可以看看你，跟你說話啊！不要這樣就走了……你不是愛過我嗎？」

她淒厲的哭聲感動了死亡天使，原本要落下的薄鐮刀也因此收了起來。

眼前的這隻狼人，只是迷途的衆生。她犯的，是世間癡心女子會犯卻無力去犯的過錯。不幸的，她擁有能犯錯的能力。

「妳喜歡人類？妳想成爲人類嗎？」楊瑾悲憫的按著她的頭頂。

她拚命點頭，「我想、我想！我想成爲人類！慈悲的天使……你可以幫助我嗎？」

「想要成爲什麼，就要先像什麼。雖然在我眼中，妳已經是個人類的女郎了。」

抱住了死亡天使，她大哭。所有的傷痕和罪行都在淚水和天使的悲憫中洗滌。

她也第一次，了解了什麼是愛。雖然她明白，楊瑾愛她宛如他愛人類一般，但是，她需要的也只有這麼多。

可以看看他，對他笑，這就是女郎最大的滿足了。其他的擁抱或親吻，她可以從其他人類身上獲取，而不會去褻瀆她全心愛慕的天使。

她的故事說完，他們也到了家門口。天色微亮，宛如天之傷的弦月已經出現在寶藍的天空中。

女郎失去平常那種活潑輕佻的態度，帶著幾分擔心、幾分羞赧地問：「你會告訴別人嗎？」不知道爲什麼，女郎下意識的喜歡並且信賴這個老是大跳大叫的修仙者。

或許表象不同，但他擁有一種氣質，讓她想起楊瑾。

「……不。」君心揉了揉她的頭髮，「我不會告訴任何人。」

因爲——情天恨海，困住了衆生不盡。而他，困得最深。

第・五・章

從倒掛過來的角度看世界

住得愈久，他愈了解到，天使公寓的眞正主人事實上是——蝙蝠妖小咪，不過，妖術精湛的她爲何要在此當個小小的「管家」呢？

他還是住在這個鬼屋……不，他還住在天使公寓裡頭。

漫長的暑假，他本來以爲會很無聊，但是這個整天熱鬧滾滾的天使公寓卻不給他無聊的機會。這種時候……他突然很想念無聊的滋味。

原來，可以無聊也是種幸福。

這天，他實在受不了飄飄和葉霜爲了一點小事大打出手，他只好拿著竹掃帚到庭院裡掃落葉。

「這我會做呀，舅舅要我掃完前後院的落葉……」正在掃地的愛鈴呆了呆，說。

「我幫妳吧。」愛鈴手腳遲緩，掃個前後院可以用掉一個早上，中午要幫小咪準備午餐，光挑菜就要用掉兩個鐘頭，下午澆個水，也可以澆很久很久。「兩個人掃比較快。」

「可是，舅舅說……」愛鈴想說明，卻被君心攔斷了。

「不要可是不可是的，妳今天放假。」

他不懂，明明知道她身體不太方便，爲什麼這些口頭說疼愛她的眾生卻讓她這樣掙扎？

俐落的掃了整個院子，外出買菜的小咪剛好回來，不太高興的喊了聲：「喂！你在做什麼？」

「掃院子啊，還能做什麼？」君心皺緊眉回道。

「掃院子是愛鈴的工作！」小咪一把搶去他的竹掃帚，「哪輪得到你插手？」

「妳明明知道她的身體不太方便！」君心被激怒了。

「就是不太方便才需要訓練到方便。」小咪冷冷的看他，「愛之適足以害之，你懂不懂？」

吊書袋勒！一隻小小的蝙蝠妖……但是面對她冷冰冰的眼神，君心的氣勢也餒了。

眞奇怪，滿屋子妖怪鬼靈，個個道行高深，他揚起拳頭痛扁從來沒有遲疑。

但是面對這個非常年輕的小蝙蝠妖，不知道爲什麼，總是有點畏懼。

住得愈久，他愈了解到，天使公寓的眞正主人事實上是——小咪。她才是名副其實的「管家」。

這屋子的衆多食客都靠她煮飯餵飽，不至於餓死。若不是有她在，這些五穀不分的衆生大概都活不成了。

她總是很忙碌的在家裡內外穿梭，打掃屋子，煮三餐，買菜，洗衣服。家事繁雜，但她卻打理得井井有條，甚至對於人類的網路電腦等等都頗有心得。

愈認識她，愈覺得驚歎。尤其是幾乎沒有她不會的事情，興致來了，她甚至可以唱段「茶花女」的歌劇。

這樣一個多才多藝，聰明智慧，甚至妖術精湛——許多繁複的家事都是使用妖術的結果，爲什麼要到楊瑾家當個小小的管家呢？

滿腹疑雲，但是君心卻不敢問。小咪有種威嚴讓人止步，明明知道她是個年輕的蝙蝠妖而已。

他轉而問了愛鈴。

「小咪嗎？」愛鈴笑了，「其實我也不知道她的來歷。我們剛搬來不久，舅舅就把她帶來，我也覺得她很神祕呢。」

連愛鈴都不知道……楊瑾刻意找她來保護愛鈴嗎？

「要去散步嗎？」愛鈴羞澀的邀請，「我今天下午的事情都做完了。」

幾乎是種習慣，他們每天下午都會去後山消磨漫長的午後。

「你們要不要去散步？」小咪突然從二樓的窗戶探出身子，「別去後山！那方位不利！你們不妨順著馬路走下去，那有個小公園整理得滿整齊的。別去後山，知道嗎？」

方位不利？君心掐指算了算，卻算不出有什麼不利。當然，他的卜算只算入門，但是也不至於什麼都算不出來吧！

「君心。」愛鈴扯了扯他的袖子，「我們別去後山吧。」

他點了點頭，跟愛鈴往後山反方向散步去了。

這兩個人倒是混熟起來。小咪洗了洗抹布。當初楊瑾將愛鈴託付給她，她就憂慮過這女孩不似人類，現在看她情心初萌，倒也是好事一件。

當然，她也頗為羨慕就是了。

將抹布晾起來，環顧一塵不染的廚房，她發了一下子的呆。她曾經覺得這世界充滿了無聊，沒有任何事情可以難倒她，不管什麼事情都一學就會，妖術如此、學識如此，連化人這個妖族的大難關……她都輕而易舉的跨越過去。

身體是化人了，心卻尷尬的停留在妖族上頭。這讓她妖術更精進，卻沒辦法循人類的道路去修仙。

其實修不修仙不重要，重要的是，這世界讓她無聊到快死了，為了破除這種無聊，她才想要修仙看看，但是她的心卻沒辦法轉變。

用句遊戲的術語來說，她「卡等」了。但是卡等可以努力打怪解決，她卻沒辦法用殺掉敵人這種辦法解決。

若是可以的話……那她可能早就羽化成仙了。

她走出大門，往後山走去。山陰處，畏懼陽光的妖異躲在陰影中，威脅地低吼著。

小咪有些憐憫的看著這隻妖異。求生的執念讓牠吞噬了許多眾生，人類、妖魔，可能還有差點成仙的妖族。這讓牠的能力很強大，但是各種無法消化的意念也各自衝突。

「你這樣是不行的。」小咪豎起食指，「你需要好好的消化，醞釀，跟自己取得和諧。貪婪的渴求你不該有的慾望，只是造成你自己的毀滅而已。」

「……我要她的內丹！」妖異吼了起來，六顆不同生物的頭顱喊出相同的執拗，像是首恐怖的交響曲。

每個頭顱都想取得主導權，要解決這種紛爭，只有取得一個強大的內丹。愛鈴可以瞞過人類，可以瞞過眾生，卻沒辦法瞞過強烈執著於生存的妖異。只有那個閃閃發亮的內丹……才可以將他們融蝕再重塑，然後，活下去。

「是嗎？」小咪點了點頭，「那我很遺憾。」

她張口，開始唱著任何人也聽不到的鎮魂歌。她的聲音是無聲之聲，卻像是銳利的手術刀一般，依著妖異的弱點冷血地切割下去。妖異吞噬而未消化的眾生亡魂，隨著鎮魂歌的解放，掙扎著逃逸到大氣中，發出哀鳴消失了。

一曲未終，妖異像是烈陽下的冰淇淋，融蝕在地上，連執念都被打碎。

可憐的妖異。小咪吹過一口氣，將沙土揚起，覆蓋在妖異的屍身上。平白的，後山又多了個荒塚。

這後山……到底有多少妖異和妖族的荒塚呢？若是殺死一個敵人就可以累積經驗值，她不知道成仙多少次了。

可惜沒這麼簡單。現實總是比較殘酷的。

「好無聊啊……」她輕嘆著，「晚上來煮火鍋好了。」

當然，她不會告訴房客們，這是妖異給她的靈感。

正在小公園散步的愛鈴跌了一跤，君心慌張的將她扶起來。

她有些愴然的看著擦破皮的手掌，突然說：「我們去後山看看吧。」

「後山？」君心怔了怔，「但是小咪說……」

「我知道。但是小咪已經辦好事情了。」她向來平靜的臉孔如許惆悵，「現在應該可以去後山了。」

爲什麼她會知道，小咪辦好了什麼？後山到底有什麼？

「爲什麼我會知道是嗎？」愛鈴笑起來，卻垂下眼睫，「是啊……我也不知道爲什麼。就像我也沒辦法解釋，爲什麼我能夠看見這世界的萬事萬物。」她沉默下來。

無法解釋。說眞的，她無法解釋。

她知道，就是知道，小咪做了什麼。她就是聽到，就是聽到，聽到小咪的鎭魂歌。

她堅決的往回走，拖著不太穩的腳步。生在這世界這麼多年，她還是很迷惘，爲什麼這個身體依舊不聽指揮？爲什麼她遺漏了一些記憶不復追尋？

君心追了上來，謹慎地扶著她。這樣的碰觸讓她畏縮，卻也覺得發暖。她對這一切的反應……都很迷惘。

繞過天使公寓，他們走到後山。這片丘陵讓建築公司的怪手肆虐過，之後讓天天來說書的飄飄嚇走，留下半山蓊鬱的翠色，和半山淒涼的黃土。

她實在不想知道……但她就是知道。摘下幾枝野花權充供養，她在那微微隆起的土堆拜了幾拜。

行動比意念快，君心一把將她拖起，但是從土堆裡伸出的枯骨抓住了愛鈴的腳踝。他抓起靈槍，想要打爛那隻手爪——

「饒了牠吧！」愛鈴反而擋在前面，「饒了牠吧……誰都想要活而已，只是想要活下去啊！」她蹲身握著那隻枯瘦的手骨，心臟一陣陣的抽痛，「你也只是想要活而已……對不起，我也要活，所以我不能給你……」

那隻手爪抓著愛鈴，卻半天沒有動作，然後劇烈震顫，鬆開愛鈴，抓住那幾枝野花，縮進土堆裡，寂然不動。

為什麼驅退了妖異？君心不懂。

愛鈴蹲在土堆前好久，君心和她都沒有說話，而後，她茫然的抬起眼，「擁有這種奇怪的能力……我眞的是人類嗎？」

君心發現，他非常討厭這種質疑。深深吸一口氣，他幻化了，長髮在風中狂野的飛舞，耳上巨大的白翅極展。

「那妳說呢？」他質問，「妳認爲我是不是人類？」

她無法解釋，爲什麼親眼看到的時候，她會像是挨了一記焦雷？她明明看到過的……她明明在夢境漫遊時，「看」過君心的變身。

像是千百種情緒、千百種光芒洶湧的衝入腦海中，片片斷斷的景象如碎錦繽紛，瘋狂的衝擊緊鎖著的記憶。一種瘋狂，一種渴求，若干的憤怒和惶恐……

無法克制的，她揚起手，打了君心一個耳光。

「你、你這個……你……你……」

這種模樣，是好讓眾人看到的麼？為什麼沒人管轄著，你就什麼都不顧，胡亂使用變身呢？

我是這麼教你的麼?!

一把揪著君心的領子，她無法解釋的眼淚直流。記憶的混亂和急流，她突然不明白自己是誰，不明白自己在做什麼，她不明白自己的焦心，不懂為什麼她會在這裡……

轟然一聲，情緒的狂潮沒衝破記憶牢固的鎖，太劇烈的衝擊反而讓她昏厥過去。

君心看到原本激動的愛鈴，突然軟軟的滑下去，趕緊抱住她，心裡一陣陣的驚疑、激動。

不可能！再怎麼說也不可能啊！

妳……妳是嗎？妳是……小曼姐？他努力搜尋，卻找不到一點妖族的氣味。

她一點都不像……一點都不像，但是為什麼，就是可以勾起他強烈的懷念？

頰上的熱辣猶在，他沒有生氣，只有一陣陣的傷悲。會怕他顯露變身招禍的，只有他的小曼姐吧？偏偏她又不是。

猶豫、惶恐、驚疑，交織得五味雜陳。心煩意亂的他沒有變回來，展翅抱起愛鈴，飛回天使公寓。

剛煮好晚飯的小咪抬眼，有些意外，卻不動聲色地將昏暈的愛鈴抱過來。「你好這個樣子在外面亂遛嗎？」

「她到底是誰？」君心直勾勾地望著小咪，眼睛像是要噴火。這個時候的他，實在是很可怕的。

「她還能是誰？」小咪抱著愛鈴上樓，「她是愛鈴，楊瑾的外甥女。你自己也有眼睛，自己不會看嗎？」

若是看得出來，還需要問妳嗎?!

當天晚餐他沒吃，暴躁地將飄飄趕出房間，在房間裡走來走去。

自從狐影帶走了殷曼，不管怎麼問，狐影都守口如瓶。之前他可以漸漸死心，當作自己遺忘了這件事情，但是，現在呢？現在他可以當作沒這回事？

這是不可能的。

快把地板走穿了的他，跳上床，拿起電話，撥了電話給狐影。

電話那頭沉默了好一會兒，「你知不知道現在是三點半？」

「狐影叔叔，妖怪是沒有在睡覺的。」

「跟你說過多少次了，我是狐仙！什麼妖怪？沒禮貌！」脾氣很好的狐影也發怒了，「誰說我沒在睡覺的？我難道不用養個精神嗎？到底有沒有仙權啊？」

「好像沒那種東西。」君心心不在焉的敷衍，「狐影叔叔，今天你給我個範圍就好，一個範圍就好。小曼姐是不是讓你送到中部了？」

「……什麼？」狐影打了個呵欠，「你還在猜？拜託，你認眞修煉好不好？你問不煩，我都煩死了，你也不想想你問了幾年……」

「你告訴我，我當然不問了。」君心很堅持。

「請你用膝蓋想一下。」狐影發牢騷，「怎麼可能告訴你……」他掛了電話。

君心拿著話筒發了一會兒愣，想再打過去，卻發現狐影已經把話筒擱了起來，撥不通。

開玩笑，這樣就想阻止他的決心嗎？

他衝進洗手間，在梳妝鏡上面用牙膏火速畫了符，結起手印，鏡面模糊了一會兒，像是水紋般泛起漩渦，等再次清晰時，神奇的顯示了狐影的臥室。

「狐影叔叔！」君心對著鏡子叫，「今天你一定要給我個答案！」

穿著小熊睡衣的狐影從床上彈了起來，瞪著鏡子，開始罵起聽不懂的話，「我要宰了鏡妖！什麼不好教，教你這個什麼五四三……你就是不讓我睡覺就對了！」他忿忿的揮拳。

「小曼姐是不是在中部？」君心來來去去就是這句。

「我關掉鏡通道，你還有什麼花招？」狐影頭頂快冒煙了。

「我還有水影法，千里傳音……不然飛去你那兒也可以。」君心很認真的把自己會的法術都報上去。

眞該說說咖啡廳那群「不是人」，什麼亂七八糟的都教給了君心。鏡顯影是鏡妖獨傳的妖術，水影法是花神的仙法，千里傳音屬於密教的他心通……

「飛」到他這兒，是君心半妖化後的飛行術！

他的體質已經亂得像是八國聯軍了，他們連法術都幫他搞聯合國！什麼世界啊～～

「你能不能像人一點？」狐影疲倦的抹了抹臉。

「我本來就是人類。」君心倒是從來沒有種族上的混淆。

沒錯，你完全像個人類。狐影沒好氣地想。除了道妖雙修，偶爾還可以半妖化，只要忽略這些，你也算是個無理取鬧情緒化又吵死人的人類！

「我投降，行不行？我投降！」狐影被他煩了這些年，終於受不了了，「我坦白告訴你，我實在不知道殷曼在哪兒。」

「你騙人！」

「對……實話總是沒人相信，我早就有這種認知了。」他無奈的舉起雙手投降，「我就是知道你夠煩人，所以我將殷曼託給我的老朋友，至於他將殷曼送到哪裡，連我都不知道，愛信不信隨便你……」狐影爬進溫暖的被窩，「夠了沒？我可以睡覺了沒？」

「你的老朋友是誰？」只要有線索就好辦了，君心精神爲之一振。

「我託給六翼。」狐影拉起被子蒙住頭。事實上，他也不算說謊，只是這世界上的死亡天使不只六翼的死神先生，「你也不用去找六翼了，他也轉託給朋友……你怎麼那麼白爛？小曼現在是可以抵抗誰？隨便個小鬼都可以捏死她！你這樣追追追，還沒追到她的影蹤就害死了她，我看你懊不懊悔！快快滾去修煉吧！」

狂風驟起，刮得鏡影模糊，居然抹去君心寫在鏡子上的牙膏符，他想祭起水影，卻又呆了一會兒，頹然的垂下手。

小曼離去已經六年了。這六年中，起了驚天動地的大變化。由於天界、人間、魔界三界的接壤日漸崩壞，爲了阻止三界一起毀滅的命運，仙神封天，魔靈絕地，除了奉了旨意、在人間尚有任務的神魔可在各個都城活動，其他都必須回歸天、魔兩界。

外於人類的眾生原有居住天界的仙神，居於魔界的魔靈，還有混居人間別有天地的妖類。此外，還有逸脫規則的妖異。

仙神魔靈各接了飭令，回天歸地，人間就失去了管轄。雖然說，仙神魔靈發揮不了多少功能，卻也可以鎮住些不良眾生。

這些神魔一起撒手不管，妖類良莠不齊，又多是自掃門前雪的個性，原本讓眾生瞧不起、避居在暗處的妖異就大大的猖獗起來，崇禍或軟弱或破碎的人心。

這些失去形體的妖異，有的是有道行卻腐敗的人魂，有的是失去肉身尚未消逝的妖魄，除了貪念和偏執，幾乎一無所有。自從封天絕地之後，他們或侵害軟弱的人類，或吞噬未成氣候的妖類，所有的狂執都只是想要——

再活一次。

就像後山已經被殺死埋葬的妖異，還是念念不忘要吃人、要活。

他明白，像殷曼這樣化人的大妖會是妖異眼中最好的巢穴；他也明白，即使不敢正面惹他，許多妖異也潛伏在暗處，屏住呼吸的監視著。

妖異們在等，等君心領他們去找那個化身成人類的千年飛頭蠻。

他完全明白狐影的苦心，但他不知道要怎麼撫慰這顆被灼痛的心。或許不要追究吧？不要追究她是誰……是或不是，他都不可以認。

還有比這更痛苦的事情嗎？

一陣陣湧起來的渴，他知道就算喝水也解不了，但還是摸到樓下開冰箱。

微漏的光亮讓倒掛在廚房大樑的小咪睜開一點眼縫，「半夜喝冰牛奶會肚子痛。」

「痛死好了……」他仰脖灌了大半瓶冰牛奶。

小咪凝望他片刻，「要不要換個角度看世界？」

「換個角度？」君心狐疑地看看她。

「你不會玩單槓嗎？我知道人類的孩子會玩單槓，把腳彎勾在大樑上……對了，就這樣。你看到怎樣的世界？」

這個角度實在會腦充血……君心眼底有點發花，但是等最初的暈眩過去，他看到飄逸的窗簾，框著夜色。

而月在下，樹影搖曳在上。

「這世界眞的有夠無聊的……」小咪喃喃著，「但是每天我要睡覺的時候，又會覺得也不是那麼無聊了。或許哪一天，我也會變成壞人的那一方，想辦法吃掉愛鈴。」

君心差點從樑上掉下去。難道她也覬覦著照顧得無微不至的愛鈴？

「但不是現在。」小咪閉上眼睛，「在我還非常喜歡她的現在……還不會。但是這樣想想，我就覺得不會那麼無聊了。」

人類和妖族的想法眞是完全不同。但是人與人的想法就有相同的嗎？

他還是不了解小咪，但是從小咪的角度看出去，或許有一天，他會了解她一點點吧？

這樣倒掛著的時候，他突然想起也常這樣睡眠著的殷曼。

或許他也不了解殷曼。畢竟他未曾試圖用她的角度去看這個世界，如果再見到她，他一定要更了解她，更用她的角度去衡量、去看。
倒映在殷曼眼中的，到底是怎樣的世界呢？
想著想著，他居然倒懸著，睡著了。

第・六・章

不想邀請的訪客

她還記得自己有神識的那一天。

她睜開眼的第一個念頭是：我還活著。

為什麼日影在上，一切顚倒錯置？

君心醒過來，卻覺得景象荒謬而詭奇，不禁哇呀一聲，從樑上跌了下來，眼見就要砸在餐桌上跌斷頸骨——

「別毀了我的早餐。」小咪張開防禦網，將摔下來的君心彈開，瞪了他一眼。

「我還沒有畫完。」葉霜幽怨的抱著素描本。

「這樣睡會比較好睡嗎？」飄飄從樑上跟著飄下來，眼中藏著好奇。

對了，他昨天晚上跟著小咪倒掛在樑上，沒想到睡著了，嗚～～他全身痠痛不堪……

「睡醒了嗎？」愛鈴正在擺碗筷，「先去刷牙洗臉吧。」

……他實在很希望生活在比較正常的環境。他突然有點懷念那個惡房東和那間破爛小房間，最少他可以安心做做早課，認眞修煉和念書。

之前，他每天早上都會邊吸收日光精華邊吐納修煉，然後精神飽滿的預習一下功課，但自從來到這個「鬼屋」，他連靜下片刻的時間都不會有。

幸好現在是暑假，萬一開學了呢？那時候他該怎麼辦好？被諸般眾生干擾，對修行和學業都是雙重的不利，他早就有所體認了！

「我能不能住到正常一點的地方？」他盥洗後，沮喪地摸到餐桌坐下。

正在享受香火的飄飄瞪他一眼，「這裡什麼地方不正常？」

有妳在的地方，還想正常得了嗎？他悶悶的將烤土司塞進嘴裡。

小咪橫了他一眼，正要說話，突然凝神不動，皺起眉，「有遠來的訪客了。」

原本鬧哄哄、懶洋洋的餐廳突然寂靜下來，愛鈴驚愕的抬頭，臉上憂喜交織，「我爸媽回來了？」

葉霜將番茄汁一飲而盡，登登登的爬上樓梯，磅地關上大門；女郎更是跳起來往浴室奔去，試圖把滿身的香水味洗乾淨；飄飄二話不說，立刻穿過天花板回到自己房間。

「……現在是怎樣？」君心端著半杯牛奶，有些手足無措地問。愛鈴的爸媽？愛鈴的爸媽有這麼可怕？難道他們是什麼降妖除魔的大行家嗎？

「君心，別說我沒叮囑你。」小咪圍上圍裙，把隨便綁著的頭髮梳整齊，規規矩矩的挽起來，「愛鈴的爸媽是眞正的人類，你若吐出一字半句漏餡兒，我一定不輕饒你。你那點兒微末道行我還不怎麼看在眼底的。」

你是叮囑我什麼呀？說清楚點好嗎？

君心還摸不著頭緒，大門一開，只見一對中年夫婦走了進來，愛鈴又高興又緊張的站起來，起得猛了，她重心一個不穩，險些跌倒。

「小心、小心！」中年婦人奔了過來，一把將愛鈴摟在懷裡，「氣色好得多了，也長胖了些了！寶貝，媽媽想死妳了……」說著就哭了起來。

那位中年先生卻滿臉嫌惡，「怎麼還是這樣子？阿瑾說妳好了，是好在哪？像是四肢沒裝好，連站起來都可以摔跤！妳的堂姐堂妹哪個不是漂漂亮亮、念到國立大學？我怎麼會生了妳這樣的廢物……」

「清序，你怎麼可以這樣說自己的孩子？」徐媽媽不依了，她保護似的抱著愛鈴不放。

徐爸爸沉下了臉，卻沒有說話，只是沉默的抽著菸，轉眼看到小咪，遷怒地罵：「這年頭女傭的架子也夠大了！我們進來這麼久，連杯水也沒得喝？行李還不提進來！就跟阿瑾說了，這鬼地方這麼偏僻，計程車都快叫不到了，也不請個伶俐點的女傭……」

小咪只是安靜的看了他一眼，「徐太太、徐先生怎麼突然來了？我們先生出差，不在家呢。」說著已經泡好了茶，「吃過早飯沒有？若是還沒吃，請坐下來一起用。我這就將行李提進來。」

徐爸爸哼了一聲，在餐桌坐下，看到君心，皺起眉，「你是誰？」

君心正在吃吐司，被突然這麼一問，趕緊將嘴裡的食物嚥下去，「我？我叫李君心。」

他看看君心，又看看沉默的愛鈴，突然光火了，「你是我女兒的男朋友?!」腦子有問題就算了，居然連男人都弄回來過夜，這還像話嗎？

啊？什麼跟什麼呀？「不不，這個……」

「徐先生，君心是這裡的房客。」小咪將沉重的行李輕鬆的扛進來，「他住在二樓的套房。」

「妳那個弟弟，也該好好的說說他了！」徐爸爸轉頭對著徐媽媽發脾氣，「又不是等錢用，竟招了一些不三不四的人進來住！我們把孩子託給他，他居然扔下一屋子陌生男人，自顧自的出差了！這傳出去能聽嗎？」

「不然你讓我把愛鈴帶去呀！」徐媽媽也兇了，「你又不讓我帶，除了這個弟弟，還有誰肯幫我照顧愛鈴？你爸媽？還是你姐姐？你們家……」

「放在療養院好好的，誰讓妳接她出院？」徐爸爸暴躁起來，「我怎麼可能帶著她去大陸？好讓人笑我有個腦性痲痹的女兒嗎？」

「不准你胡說！」徐媽媽激動起來，「她好了呀！她完完全全好了！她到底是你的女兒呀，你怎麼可以……」

「媽媽。」愛鈴開口了，她有點緊張的攀著母親的衣袖，「沒事沒事，不要生氣。我在這裡挺好的，小咪照顧著我呀。爸，一路搭飛機很累吧？等等小咪收拾好房間，你先去休息一下……」

「我收拾好了。」小咪開口，「徐先生，一樓的客房我整理好了，要不要先養養神？」

他想發脾氣，看到小咪的眼睛卻突然迷糊了一下，不知不覺點了點頭，怒氣未息的進了客房。

「媽媽。」愛鈴有些費力的掙脫母親有些令人窒息的懷抱，「前年妳種的玫瑰開了呢，我們一起去看好嗎？」說完，便將徐媽媽拉到花園去。

端著牛奶的君心看呆了，好半晌才說了句：「哇！」

原來愛鈴有這麼「精采」的父母啊！雖然說，他的爸媽也很「精采」，不過他們很久以前就各行其是，最後還離了婚，給他安靜的生活。

「哼。」小咪輕蔑的撇撇嘴，「幸好我是天地生成，無父無母的。」

小咪沒有父母？不可能吧？眾生皆有所出，除非是石頭裡蹦出來的，譬如孫悟空之類的。

不過她怎麼看，都是蝙蝠妖特有的氣。這支與人相善的妖族，上古時代就已經融入人群裡，幻化成吉祥物，出現在歷代閨女的刺繡中，雖然不顯揚於世，某些還西渡成為西方吸血族的僕役——

但他們還是有父母的。

「妳和家裡鬧翻了？」君心謹慎地問。

小咪溜了他一眼，非常冷淡的。「我自有靈識就是這樣子，哪來的父母？誰需要那種囉哩叭唆的親戚？生，也不經過子女同意；養，也是他們自己高興的。偏叫這種強迫生養的行為叫作親恩，不是很奇怪？」

她的立論眞是亂七八糟，但是家庭殘破的君心卻差點同意了她。誕生和養育都由不得他，但是父母婚姻破裂的苦楚卻常常是他承擔的，回想痛苦的童年……所有的親情和溫暖，都是那個淡漠的大妖飛頭蠻給他的。

但是，若他沒有誕生在這個世界上，就不可能遇到殷曼。

「我還是感謝他們給我生命。」君心靜默片刻後道，「或許會有痛苦，但是活著總會遇到好事情。」

就像他和殷曼的相逢。

小咪頓了一下，深深的看了他一眼，沒有說什麼，只是捧著一碗櫻桃，走到庭院去吃。

人皆有母，唯我獨無。實在她並不覺得有什麼遺憾，她看著愛鈴被折磨了這些年，只覺得厭煩和憐憫，並不覺得無父無母有什麼缺憾的。

坐在庭院的迴廊，她看著徐媽媽又摟又抱、又親又哭的搓揉著愛鈴，她鄙夷的撇撇嘴。人類眞是莫名其妙，專會替自己找理由，眞是愛到那種程度，哪會爲了男人一句話，拋撇了女兒？

每每良心不安，就哭著來瞧瞧女兒，將一切過錯推到那個男人身上。既然那男人萬般皆錯，怎麼不離開他，好來照顧口口聲聲愛之如命的心肝寶貝呢？

小咪將櫻桃梗拋入口中，打了三個同心結。

用櫻桃梗打結是愛鈴教她的。說過一回兒，她就會了。這世上萬事萬物，像是沒什麼她學不會的，彷彿是隔世皆識過，這世略略複習，哪有不會的道理？

只是這樣會讓她覺得什麼都沒有新鮮感，萬事皆無聊罷了。

不知道其他的衆生出生，看到的是什麼？看著這對母與女，小咪心裡浮起疑問。瞥見吃過早飯要上樓的君心，她叫住他，「欸，等等。」

君心覺得奇怪的轉過頭，小咪今天的話倒是特別多。「什麼？」

「你還記得你出生時的光景嗎？」

「誰會記得那種事情呀！」君心沒好氣的回答。

「那你怎麼知道生養你的就是你的父母親呢？」她提出心中橫亙已久的疑問。

這句話問倒了君心。身分證明？誰都知道那可以僞造。相似的容貌？但是說得坦白點，除非是非常醜怪或是絕代俊美，人種只要相同，誰不是一個鼻子兩個眼睛？也沒誰會吃飽沒事幹跑去驗ＤＮＡ。

他又怎麼知道，生養他的那對夫妻，就是他的父母呢？

「那妳又怎麼知道妳的父母親是妳爸媽？」他勉強找出話來反擊。

「就跟妳說我沒有父母了。」她抱著空碗走向洗碗檯。

大部分的人都不相信，但她的確沒有。不過，她還記得自己有神識的那一天，楊瑾也說那天是她的生日。

她睜開眼睛的第一個念頭是：我還活著。

但是她也很明白，這是她來到這世界的第一天。她感到清風吹拂過她的臉龐、四肢，這是很稀奇的經驗。

緊閉著眼皮，卻可以感到陽光的亮眼和熾熱，這也是很特別的感覺。

張開眼睛，她第一個看到的是驚詫的楊瑾，楊瑾將四肢依舊虛弱無力的她抱起來。「妳是誰？」

她定定的看著楊瑾，不知道爲什麼，她很堅定的知道，這個死亡天使跟她沒有任何關係。「我不知道，我才剛來。」

「妳爲什麼會來？」

考慮了好一會兒，她答：「我來出生，試著活一場。」

她不知道這是不是正確答案，但是楊瑾將她送到紅十字會的特別災難小組——這個以紅十字會為掩護，在人間管理著眾生事物的組織，同時也是個龐大的學院。東、西方權威的教授、老師都來見過她，只能肯定她「可能是」東方的蝙蝠妖，卻不能解釋她為什麼憑空出現在楊瑾的家裡。

當然，他們也不能解釋她的聰慧和天賦。人類的法術對她來說簡直不費吹灰之力，讀書過目不忘，一目十行，甚至只是翻翻前後，就可以默讀整本書。

雖然她專精的只是東方中國的法術和簡策，但是不到兩年，已經引起老師們強烈的不安了。幾乎沒有什麼她學不會的，甚至她開始住在大圖書館裡，學習世界上所有能夠碰觸的法術和知識。

當她使用魔法陣輕而易舉的喚來魔界公爵，又像打發僕人似的飭回之後，特別災難小組雖然沒有將她這個眾生監禁起來，卻急急的把她送回楊瑾那兒。

一個妖怪居然如此博學廣知，必定成為大患。礙於楊瑾尊貴的地位，他們不好說什麼，只好暗示楊瑾最好將她禁閉起來。

楊瑾沒有這麼做，只是默默的看著正在啃水梨的小咪。

「妳能燒飯煮菜打理家務，照顧我的外甥女嗎？」

「這世界上沒有我不會的事情。」聽起來跋扈，但楊瑾知道，小咪只是陳述事實。

「我需要一個人來照顧她。」楊瑾瞅了她一會兒，「妳願意嗎？妳若願意，我的藏書不會輸給大圖書館。」

或許閱讀和學習，是她唯一不無聊的時候吧！打理一個家，照顧一個人類的小孩，對她來說，一點困難度也沒有。

「好。」

然後她開始照顧愛鈴了。剛開始，她的確有些蔑視這個小女孩。一個柔弱無用的人類，連走路都走不好，但是相處久了，她卻感到一種親切，一種佩服。

這個外表看起來懦弱親切的人類少女，卻擁有和她相同淡漠的心，甚至，她也擁有相同的聰慧，在沒有人看到的地方，使著呼喚光和影的法術。

「妳說不定可以比我還厲害。」小咪定定的望著她。

愛鈴苦笑著揮手，抹去法術的痕跡。「別告訴任何人。」

「爲什麼？妳若想學，我可以教妳。妳若想學人類修煉的方式，我也知道一些，我們可以互相研究。」小咪好奇的看著她。

「我不想違背舅舅和爸媽的心願。」她看著自己不自由的手腳，「我盡量想像個人類。」

「違背又怎麼樣？」小咪不悅了，「這是妳的人生，妳應該爲了自己而活。」

「我懶。」愛鈴承認，「再說，我不忍心看他們失望。」

漸漸的，小咪了解到，她和愛鈴極爲相似，但是愛鈴擁有「情感」這個弱點，她沒有。

所以愛鈴甘願成爲父母眼中的廢人，一個破碎又黏合得不太好的瓷娃娃，並且爲了自己不像人類而苦痛著。

小咪沒有這樣的苦痛……但是因爲沒有情感的羈絆，她卻感到人生漫長沒有邊際的無聊。

她不知道自己比較幸福，還是愛鈴比較幸福。

嘆口氣，她啃了一口香脆的梨山蘋果。很小一個，卻無比的鮮甜，似乎只有這種芳香才可以讓她覺得活著還有意思。

愛鈴的爸媽來幾天，天使公寓就雞飛狗跳幾天。

住在天使公寓的眾生，都接受過楊瑾的請託，而且愛鈴跟他們朝夕相處，從來沒有眾生與人類的分別，在他們心中，愛鈴早就是家人了，所以願意事事遷就，不讓愛鈴困窘。

但是這對人類夫婦實在令眾生受不了！

徐先生的生意的確做得很大，大陸設廠一家設過一家，但是天使公寓到底不是他的商業王國，在這兒做起威福會不會太離譜了？

一下子嫌茶冷，一下子嫌飯燙，小咪服侍這個客人，服侍得非常不耐煩，總得默唸「他是愛鈴的爸爸、愛鈴的爸爸……」數十次，才能壓下毒死他的念頭。

葉霜更是乾脆躲在房間不出來，君心幫他送了幾天番茄汁，實在很無奈。

「他不會除妖，也不會吃了你。」

「我知道他不會吃了我。」葉霜悶悶的接過番茄汁，「但是他再對我大呼小叫，罵我是廢物，我怕我會恢復吸血的本性……那就不能在這兒安心創作，楊瑾非把我趕出去不可。」

最倒楣的是女郎。她又不能一直請假，只好素著一張臉去上班——這是她最痛恨的事情，她又是特種行業的小姐，難免會帶著酒氣和脂粉味回家，徐爸爸一面罵她鬼祟不知廉恥，一面又用眼睛貪婪地打量她。

「我受不了啦！」她抓著君心哭，「眞的受不了啦～～那賊老頭一面罵我一面在心裡剝著我的衣服，我可不可以打碎他的腦袋，挖出他的賊眼睛？嗚～～」

君心無奈的拍拍她的頭，「不行。」雖然他是滿贊成的啦，「楊瑾會討厭妳喔。」

女郎哭得更大聲，非常委屈的。她實在很喜歡人類，就算在風月場所被吃豆腐都可以覺得有趣……大家明明白白，多麼爽快！她就是受不了這種鬼鬼祟祟的傢伙。

「他們還要住到幾時呀～～」

說真的，他也很想知道。

他的命運並不比其他人好。正因為他是人類，不用怕被看破手腳，所以被推出去陪著徐先生、徐太太吃飯，甚至還要充當司機，用他很破的駕駛技術開著楊瑾的車，送他們東奔西跑。

看著車子的處處擦痕，他滿沮喪的。不知道楊瑾看到車子，又要訛詐他看多久的家……

這些其實都還好。只是飄飄熬不住這樣關在房間，偷偷出來晃蕩幾次，結果徐太太大驚小怪，硬說他留了女人過夜，狠狠地訓了他一頓。

「年輕人不學好，什麼樣的野女人都讓她進來睡，我這房子還能租給你嗎？看你長得清清秀秀的，怎麼這麼下流跟野女人亂來？我怎麼能讓愛鈴跟你同屋子住呀～～」徐太太嚷得整屋子都聽得到。

「……那我搬出去好了。」謝天謝地，他終於找到個好藉口搬家了，雖然覺得不太舒服。

「嗯？」小咪冷淡的掃他一眼，「你能跟楊先生交代，你就搬走好了。」

「唸你幾句也是爲你好，你就拿搬家威脅我？」徐太太跳了起來，「要搬就搬！我們家也很不希罕你這點房租！」

「徐太太。」小咪冷靜的回嘴，「這是楊先生的房子，要不要他搬走，楊先生才能決定。再說，妳說有女人在他房裡過夜，是誰看到了？我在這裡這麼久，從來沒看過君心帶誰來過。」

「妳是說我誣賴他？」徐太太跳了起來。

放著能言善道的小咪和徐太太力戰，君心悄悄的躲回自己房間，發現飄飄拎著綠色小包包，忿忿的正要從窗戶出去。

「妳去哪兒？」

「誰跟你有苟且？」飄飄怒氣洶洶的吼著，「這簡直是污蔑我的鬼格！不能祟殺那對狗男女，我走總可以吧？」

「妳要走去哪兒？」君心頭疼起來。

「後山的林投叢！」飄飄簡直快要氣炸了，「我去林投姐那兒躲幾天。記得天天來幫我上香火！」

爲什麼他得到處送飯？爲什麼他就特別倒楣啊～～

君心無力極了。唉，徐爸爸徐媽媽，你們看了愛鈴那麼多天了，請你們快回大陸當神仙眷屬行不行？天使公寓都快被你們拆了……

沒想到這對夫妻居然樂不思蜀的一住兩個禮拜，還開始帶客人來家裡喝酒打麻將，天哪～～

只有徐先生、徐太太在牌桌上忙的時候，愛鈴才可以鬆口氣。這兩個禮拜，她被母親纏得死死的，片刻安靜都沒有。

「我對大家很不好意思。」她疲憊的低下頭。

君心有點不忍的拍拍她的肩膀，驚覺經過半個月的折磨，她又消瘦許多。「父母又沒得選，大家都明白的，反正他們也不會一直住在這裡……」

愛鈴抬頭，虛弱的笑了笑。那美麗卻脆弱的笑容，讓君心一陣陣的抽痛。

小曼姐……也曾經這樣笑過。

君心硬生生的別過頭。不成，她不是小曼姐。現在的心動是絕對不應該的，雖然他想保護愛鈴，照顧愛鈴，這也只是因為移情……不該有別的。

絕對不是愛上她！

正強自克制，愛鈴卻驚跳地撲到他身上，也讓他嚇了一大跳。「好、好可怕……好可怕的人……」她簌簌發抖。

他不曾看過愛鈴害怕。但是有種氣氛……有種邪惡的氣氛籠罩過來，讓他覺得這朗朗的夏日午後變得陰險。

抬起頭，他從廚房的窗戶望向門口——一個戴著呢帽的老人家，笑容可掬的看著他。不管過了多少年，他都不會忘記這張臉孔。

君心憑空虛畫禁符，「我沒有邀請你來！你不能進我的領域！」他喝斥，「立刻離開我的門首，羅煞！」

羅煞斂起笑容，冷淡的用拐杖將呢帽推高點。這個道妖雙修的小子長這麼大了，若不是當年讓殷曼重創，他這點子禁符，哪拘得住他羅煞！

可恨就是內傷未復，加上死亡天使的法力，才讓他進不了這個妖怪窩。啐，東、西神界都墮落了，窩藏偏袒這起該死的妖孽，神不成神，仙不成仙了。

他冷笑一聲，眼底露出怨毒，高聲對著屋子喊：「徐先生可在家？」

徐先生聽到他的聲音，像是聽到聖旨一樣，「羅大師？啊呀，這麼偏僻的小地方，怎麼自己來了？我會派人去接你呀！請進請進快請進！」

禁符瓦解了。君心冒火地想乾脆宰了那個笨蛋。若不是他開口邀請，羅煞進不來天使公寓。

羅煞勝利地看了看他，踱入天使公寓，貪婪的眼光轉向縮在君心背後發抖的愛鈴。

「她不是。」君心無聲的回答。「她只是個尋常人類。」

「她現在不是。」羅煞冷笑幾聲，「現在的她，什麼都不是。」然後走入大門，讓徐先生客氣崇拜的迎進大廳。

這一天，天使公寓來了不想邀請的訪客，君心突然沒了把握，他不知道會不會有違楊瑾鄭重的託付……

第・七・章

告別天使公寓

羅煞變成了另一個人……或者說，另一個神。俊逸的臉龐溫潤似白玉，漆黑的眼睛很美，卻美得這樣恐怖，透著清醒的瘋狂。

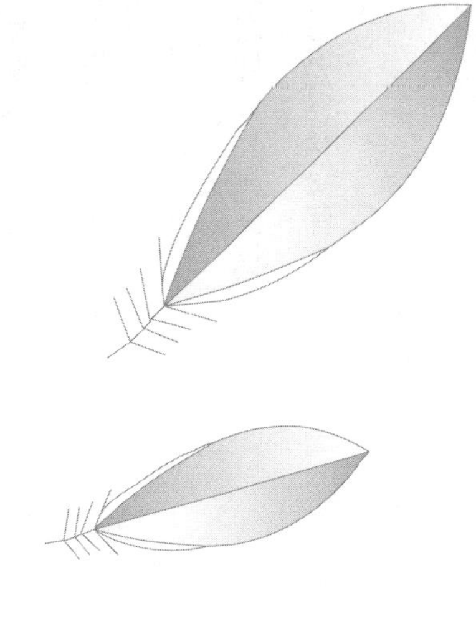

不知道楊瑾是不是早就預知這樣的變化？君心不禁這樣想，被尊為「羅大師」的羅煞這樣堂而皇之住進天使公寓，佔據一樓的另一間客房。

愛鈴會懼怕他也是應該的，羅煞身上帶著太多殺孽。為了修仙這樣的執著，他固然誅殺餓鬼邪妖，但也無情的掃蕩只想安靜度日的善良眾生。

他的血腥味這樣的濃重，濃重到令人噁心。君心有些不懂，這樣一個不懂慈憫的人類，為什麼也是個即將飛昇的修仙者？到底修仙的標準是什麼？

君心只知道，他之所以會修煉不懈，是為了跟殷曼有重逢的一天。為了那一天，他不能輕易的死，但這不代表他可以看著身邊的人身在險境而苟且偷生。

他幾乎是寸步不離的跟在愛鈴身邊，連愛鈴回房睡覺他都會守在樓梯間嚴防著。就像他會錯認了愛鈴，很明顯的，那個死老道也錯認了，楊瑾既然將愛鈴交到他手上，他就得保護她到底。

過了幾天，葉霜離開他的畫室，對著有濃重黑眼圈的君心說：「你去休息吧，我們輪班才不會有人倒下。」

君心搖頭，「我不放心。」

「你若倒下，那就沒什麼放不放心的問題了。」葉霜掏出素描本，「不是只有你承諾過楊瑾，我也同樣承諾過的。若有什麼萬一，我必定會叫醒你。」

第二夜，女郎來替葉霜的班，他們就這樣輪流守著愛鈴，像是守護脆弱的水晶玻璃。

「你們不要這樣辛苦。」愛鈴最初的懼怕褪去，又恢復安然，「要來的總是躲不掉。」

「我不會讓他傷害妳。」君心只說了這句。

在這種風聲鶴唳的緊張氣氛中，唯一沒有影響的只有小咪。她泰然自若的打理家務，冷靜的應付徐氏夫婦，和危險的羅煞。

她的確不怕羅煞。就算羅煞貪婪的打量她，她也只是冷漠的回望。她知道，羅煞對她有興趣，也對愛鈴有興趣，而他的興趣，往往伴隨著殘殺的血腥。

儘管來吧！小咪心底冷笑著。她正無聊得要死，羅煞的危險只讓她感到興奮，卻不恐懼。或許有個人可以讓她打發這種痛苦的無聊。

只是很詭異的，徐氏夫婦一直沒有回大陸，羅煞也一直沒有離開天使公寓。他和徐氏夫婦結為莫逆，每天都有人登門拜訪問卜釋疑，原本寂靜的天使公寓幾乎要被踏穿了門限。

他到底想幹嘛？羅煞究竟想幹嘛？君心愈來愈不安。「愛鈴，我們離開這兒出去躲一躲如何？」

她遲疑了一會兒，「不行。我爸媽不會讓我出門的。」

「這是性命攸關的問題！」君心急了。

「我知道……我知道……」愛鈴安撫他，望著在大廳說笑打麻將的母親，「你們可以離開躲一躲。」

「我們躲幹嘛？他的目標是妳呀！」他不禁生氣起來。

「你知道，我也知道。」愛鈴的語氣不無絕望，「但是我爸媽不知道，也不會知道。」

這就是身為人類的牽絆和無奈。她就算靈慧到可以與眾生溝通，但是，她不能讓什麼都看不到的父母親憂慮。

說眞的，她對羅煞的感覺，與其說是懼怕，還不如說是強烈的厭惡，厭惡到連呼吸相同的空氣都令她作嘔。但是她不明白這樣的嫌惡是怎麼產生的。

無疑的，羅煞雙手沾滿了眾生的血腥。雖然說殺生這種行為，幾乎人類眾生都不可免，但是惡意的殺生卻勾起她的嚴重反感。

葉霜殺生，女郎殺生，但是她不曾嫌惡過他們，羅煞……讓她很討厭，非常討厭。

但是再怎麼討厭，她也不能夠違背父母的意思逃離天使公寓。她總是切切的提醒自己，身為一個人類的女兒，她就該有人類的反應和行為。再說，她很怕看到母親的傷悲。

「我不能離開。」她頹然的垂下頭。

君心焦急的嘤了一聲，卻死心不再去勸她，只能一面嚴防，一面祈禱楊瑾快快回來。

在這種詭異的氣氛下，羅煞卻不動聲色，如常的起居，像是享受著他們的驚慌一般。

就在徐氏夫婦住滿一個月的這天，大廳依舊擠滿了問卜談命的富豪名流，羅煞閒閒的喝了口茶，突然笑道：「各位大賢總是猜測貧道的來歷，忒也費心。實在跟各位說，貧道修煉已經有三百年之久，在諸修仙者來說，實在資歷尚淺，能夠僥倖在這麼短的時間內修到即將飛昇，乃是因爲恩師的關係。」

衆人驚噫一聲，似信不信的望著羅煞，只有小咪不動聲色的垂下眼睫上茶。

「恩師的名諱，做弟子的不敢輕提。四百年前，恩師因爲細故被天帝貶到凡間投胎轉世，幸好他天靈不滅，短短兩百年就修煉回天，貧道機緣湊巧，成了他的弟子，蒙恩師厚愛教導，才有今天的成就。可惜天界墮邪，偏袒妖孽，竟又軟禁了我恩師，這才讓貧道失去恩師護法。

「各位聽聽，國之將亡必有妖孽，天之將滅妖孽當道！斬妖除魔本是我輩應行義舉，哪知天帝昏聵，一味偏袒，美名為『眾生』，反將致力誅魔的恩師軟禁，這不是天之將亡的徵兆？各位大賢豈不與貧道同樣憤慨？」

他這話語灌諸了言靈之力，凡人豈能抗拒？只見在座的貴客人人交相憤怒，同聲應和。

小咪微微皺起眉，悄悄的退入廚房。

羅煞看她悄退，噙著冷笑繼續蠱惑，「諸位大賢，斬妖除魔乃一大功德，修煉法門再也沒有比這更快的了。富貴百年終有一死，諸賢難道不懼？不如隨貧道誅魔，永保富貴長生，難道不好？」

這篇荒誕不經的演說，聽在這些貴客耳中，卻句句像是真理。「但是大師，我們都是凡人，怎麼跟妖魔鬼怪爭鬥呢？」

「只要有心，人人都可以是大師！」羅煞將令符焚了，融在葡萄酒裡，每個人斟上一杯，「承蒙恩師賜予法力……」

羅煞興奮得幾乎顫抖。懷著強烈的恨意，他發瘋似的尋找那隻該死的千年飛頭蠻，最後卻在重慶斷了線。這幾年，幾乎踏遍了五大洲，終究還是讓他發現了。

恨只恨與那小妖女相對峙時，重創了元嬰，連能不能度劫都還是問題。原指望師父出關後可以幫他一把，哪知道師父又被天帝拘禁了起來，不知道費了他多少工夫，才終於和恩師取得聯繫。

身在禁錮中的師父只有在這一天才能夠不受拘管，將神通力借給他。他濃重的恨意驅使他不用這寶貴的神通度劫，只想殺了那個已經化人的妖女。

然而在封天絕地的此時，他只能夠藉助許多人類的心力，才可讓師父的神通降臨。爲了這一天，他忍耐這些愚蠢的凡人如此之久！

猛然一拍案，他劇烈顫抖，焚燒文書，大叱一聲：「請神！」

晴天裡猛劈了個焦雷，電光像是有生命力似的穿過滿座的客人，在痛苦的哀鳴尖叫聲中，電光凝聚在羅煞的身上，他的表情極爲猙獰痛苦，然後慢慢發光，平和下來。

電光被他吸納入身，表情漸漸改變，充滿皺褶的皮膚漸漸光滑，像是恢復了青春……

不，他變成了另一個人——或說，另一個神，俊逸的臉龐溫潤似白玉，緩緩的睜開漆黑的眼睛……

很美，卻美得這樣恐怖。眼睛裡透著清光，清醒的瘋狂。

「帝嚳？」小咪輕呼出聲。她想不起來在哪兒看過，但她知道這是東方神界最敗德的天神。

她的臉孔慘白了。「愛鈴，快逃！」

陰森森的風吹過，讓帝嚳神通附身的羅煞鬼魅般飄進廚房。他或許很想殺了那隻飛頭蠻，但是他對這隻蝙蝠妖也很有興趣。

或許法術行爲氣息很類似……但是他見識過許多混血妖魔，無疑的，這個名爲「小咪」的蝙蝠妖是當中最出色的一個。

也是這個妖怪窩唯一有能力阻礙他的妖族。

他縱起狂風如利刃，桌椅宛如豆腐般被絞得粉碎，冰箱呻吟一聲，發出巨響而爆炸，小咪眼見無法倖免了，下一瞬，只見她耳後縱出巨大的蝙蝠翅膀，冷著臉翱翔在狂風之上，憑藉著低吟的歌聲，她輕巧的閃過狂風的襲擊，像是影子般閃出廚房的門，要再縱飛，她的腳踝卻被緊緊的抓住。

回眸一看，徐先生流著口涎，像是癡呆的狂徒般，緊緊的抓住她。

「我的意志，就是他們的意志。」羅煞輕笑，聲音宛如鳥鳴般動聽，卻有著說不出的恐怖，「除非死，不然他不會放手的。」

他很享受這殘忍的一刻。他的確有所疑心，妖族化人之後，必須重頭修煉，但是他們與生俱來的內丹只會沉眠，不會消失。

但是他找到了那個小蠻女，她卻是「空的」。她的內丹哪裡去了？說不定，他的疑惑快要解開了。

「縱然是借胎，妳還是得叫他一聲爸爸吧？」羅煞冷笑。

小咪冷淡的目光在他臉上轉了轉，「你是不是搞錯了？我不是愛鈴。」她一腳踢向徐先生，他卻只是偏了偏頭，依舊抓住小咪的右腳不放。

「我說過，除非是死。」羅煞像是貓抓老鼠一樣逗弄著可憐的獵物。

「那就去死吧。」小咪下了重手，縱翅飛向二樓，連頭也沒回。

「妖孽就是妖孽，妳竟然弒父！」羅煞一揮手，利刃般的狂風襲向她，小咪張口，發出人耳無法聽見的尖銳聲音，混亂了狂風。

終於不那麼無聊了。她想。她終於感到威脅、恐懼，甚至有些興奮。

在席捲的狂風中，她輕巧的翱翔飛行，尖嘯著十指箕張，準備撕開羅煞的喉嚨……

羅煞穩穩的將手半推，她感覺到空氣像是凝成了硬塊，明明一無所有，她卻宛如撞上了石壁，即使翻飛也無法卸去強勁的力道，踉踉蹌蹌的跌了下來，卻是在愛鈴的懷抱裡。

她吐出一口鮮血。這是小咪有識以來，第一次嚐到失敗的滋味。

她的感情沉寂，所以不懂什麼是神威，但是在座的人類或眾生，都深深感到令人窒息、動彈不得的威嚴。

神的威嚴。

小咪伏在愛鈴的懷裡喘息，奇怪爲什麼所有的人都這麼靜。「……愛鈴，快逃。」她明白，她打不過這個古怪的人類，但是有君心在，愛鈴應該逃得了。吃力的抬頭，困惑地看看呆若木雞的君心，又看了看動也不動的愛鈴、葉霜，和女郎。

他們不知道很危險了嗎？爲什麼不逃？爲什麼像是雕像一樣動也不動？

羅煞笑了。他被巨大的勝利感所激昂。擁有神力是多麼美好的事情！看，不論人類還是衆生，只能匍匐在他的面前，任他宰割。

要誰生、要誰死，都只隨他的意志……

「你們只會發呆麼？」冷冷的聲音劃開了凝重，翻飛的書頁獵獵作響。飄飄鬱著臉孔，凝於半空中，驚破了羅煞虛僞的神威。「走！都給我走！快把愛鈴帶走！我當初答應過楊瑾的！」

君心打了個冷顫，清醒過來。在巨大的神威之下，他才了解到自己的渺小無力，但是他怎麼能夠拋下飄飄……

但是書頁飄起了一張、兩張，無數的書頁從虛空中飄起，獵獵的像是蝴蝶展翅，居然將整個樓梯口堵了起來，宛如無瑕的結界。

「快走吧。」葉霜的身影緩緩模糊，霧化的穿過書頁構成的結界，「不要讓我們成了背信之徒。」

瞥見葉霜居然穿過結界，拿著素描本坐在地板上，飄飄無聲的嘆了口氣。

滿空書頁翻飛，她所寫過的每個字都在飛舞。

「妳以為一個鬼魂可以攔住至高無上的神祇嗎？」羅煞神化後俊秀非常的臉陰沉了下來。

「你以為神祇就不會屈服於妄想嗎？」飄飄淡淡的笑，在飄飛如蝶、如秋葉的書頁中，「而我，一生都在書寫妄想。」

一張兩張，三張四張，愈飛愈多的書頁，她寫過的每個字都在跳舞。她這一生，都在編寫妄想、操弄妄想。

她連自己的死因都訴諸於妄想，沒讓人知道過。

說來可笑，她居然是因爲節食過度，冬天泡澡的時候引起心臟衰竭，溺死的。

架構出最得意的妄想結界時，她在迷宮似的陣心默默的想著。

似乎，她用漫長的一生，換了這六十幾本書當墓誌銘。這一生……她用妄想逃避現實，現實卻沒有輕饒過她。年少時，她讓沉重的經濟壓力追逐，費盡苦心、絞盡腦汁，每個月都出稿，卻還是過著有一餐沒一餐的生活。

但是除了寫，她又什麼都不會。爲了忘記現實的困頓，她更逃避進入書寫的妄想中。寫得愈多，日子卻愈窮困。

爲了謀生，她書寫可以賣出去的稿子；爲了逃避兇悍的現實，她書寫自娛卻賣不出去的小說。她日也寫夜也寫，漸漸的寫出名氣，終於有人說她是名作家了。

不知道從什麼時候開始，她開始穿名牌，用名牌，狂熱的追求美貌和窈窕，超乎自己經濟能力的買了這棟別墅。

就爲了要跟「名作家」這個名號可以相襯。

然後爲了應付這些昂貴的帳單，她更拚命的寫，壓縮所有睡眠時間的寫。她像是著了魔似的愛慕現實的虛榮，然後終於讓虛榮反噬了。

其實她有機會求救的。在驚覺自己沒辦法爬出浴缸的那一刻，手機剛好擱在浴缸邊，不斷響著，冷光螢幕閃爍著編輯的電話號碼。

其實她有機會。

但是她累了。她任由手機響著，任由自己的心跳劇烈到幾乎突破胸腔，然後漸漸停止，任由自己緩緩的滑入清澈而寬大的按摩浴缸中。

她只是，累了，倦了。

太厭倦身爲一個人類，太厭倦現實了。或者說，她不想去天堂也不想去地獄，這兩個地方，她的妄想早已踏遍。

成爲一個鬼魂，其實是她的選擇；當羅煞終於撕破妄想的結界，貫穿了她的魂魄……其實這樣的消逝，也是她的選擇。

仰天輕輕的嘆息。謝天謝地，她終於可以停止糾纏到死後的妄想了。

葉霜一直沒有動。他親眼看著飄飄架構出迷宮似的妄想結界，看著羅煞在結界裡咆哮嘶吼，找不到出路。

其實羅煞，也是另一個被妄想所困的眾生。

他沒有插手，也知道飄飄不想他插手。他們統統加起來也打不過羅煞……其實可以逃的，楊瑾未必眞的會怪他。

但是他不想逃。

刷刷的，他在素描本上不斷的畫，畫著飄飄迷惘而溫柔的臉孔，和那一聲，輕輕的嘆息。所有的一切都消失了，只剩下烈火般的狂熱，他第一次，什麼都沒想，眼中只有畫面，讓一種極端的亢奮主宰了。

即使是他的肩上搭了一隻白玉似的纖手，即使是繆思的翅膀在他頭上輕拍，他連回頭也沒有。

他終於，完成了此生最偉大的傑作，即使世人不會看到。

當羅煞撕開妄想結界，貫穿了飄飄的魂魄，他的作品也剛好完成。繆思將臉貼在他的臉上，愛惜的環抱他，他呆呆的望著繆思……

曾經朝思暮想、渴求不至的女神，終於對他微笑了。

但是他看看畫又看看繆思，他發現繆思是可憐的。繆思愛著她的信徒，但是她的信徒們，真正愛的，是創作本身，而不是她的微笑。

愛著永遠不愛她的人，繆思本身就是個悲劇吧？

他對繆思的愛戀，終於凋謝了。如果可以，他希望可以一直活下去，不斷的埋首畫畫，在狂暴的筆觸中，尋找那種難言的神祕。

很可惜，他沒有時間了。

葉霜霧化到羅煞面前，又朦朧成形，「你不能過去。」

羅煞輕蔑地看著這個臉孔蒼白的吸血族，揮了揮衣袖，狂風又隨之而出，絞擰如刃，卻從他霧化的身體穿過去。

黑霧散去又聚合，葉霜滿臉憂鬱，「我不會讓你過去。」

羅煞望了他一眼，陰狠的笑了笑，惡念陡盛，眼睛突然射出千百道金光，將黑霧攪散，手掌穿過黑霧，抓住的，正是葉霜的心臟。

痛，的確痛。但是比痛更強烈的，是遺憾。葉霜輕輕嘆口氣，眞可惜，他再也無法拿畫筆了……他好想拿著畫筆，繼續畫……

破碎的妄想滿天紛飛，像是軟翼黑翅的蝶，悲傷的鋪滿天際……他緩緩軟倒，模模糊糊的，他聽到了女郎的慘叫和悲鳴。

後不後悔呢？他問自己。其實並不的。

與其活得渾渾噩噩，還不如給他一個答案。他找到了那個答案了。血漸漸流乾，妖族雖然韌命，但是被神誅殺，是無法得救的。正因爲不容易死，所以死亡的過程特別長，也特別痛苦。

時間一小時一小時的過去，痛苦像是無窮無盡……

「我回來得太遲了。」溫柔的聲音響起，已經盲目的葉霜只看得到一團光亮，和三雙翅膀模糊的揮動。

他想笑，卻只是扭曲了臉孔。「……我守了信。」他突然很想說話，很想將心裡的感覺告訴人，「我見到繆思的微笑了……但是我卻不再愛她……」他伸手，吃力的指著畫筆和素描本，「我要那個……我想畫……」

楊瑾拿給他，他欣喜若狂的像是抱著心愛的愛人，狂笑一聲，漸漸的化成塵埃、消逝。

滿目瘡痍。這屋子裡滿地的死人。死去的人類，死去的衆生。原本充滿歡笑的家，就這樣毀了。

他爲什麼要讓天界冗務牽絆，遲到今天才回來？是誰侵入了他的家？是誰連他嚴選的守護者都擋不下來呢？他嗅到殘存的東方神族的氣味，嫌惡更強烈了。

飄飄消逝了，葉霜消逝了……女郎呢？一直愛慕的偷望他，努力想當個人類的女郎呢？

跨過滿地書頁，他一樓樓的搜尋，在通往樓頂天台的樓梯上，他看到了女郎。

她終於學會變身了。像是一隻銀白的巨狼，幾乎佔據了整個樓梯。

「……女郎。」

她微微睜開眼睛，躺在自己的血泊中。「楊瑾……」氣如游絲的呼喚，驚覺自己的變身，那雙像是無辜小動物的眼睛充滿了羞愧和痛苦，「別、別看我。」

「妳很漂亮。」

女郎哭了。「楊瑾……君心他們逃掉了……他們本來不肯走的……但是我擋不了太久，不知道怎麼搞的，我突然變身，能夠用妖術，但是我不知道把他們送去哪兒了……」她咳了幾聲，吐出最後的鮮血，「我、我變不回來……」

「不管什麼樣子，妳都很漂亮。」楊瑾抱著她的頭，張開翅膀護衛著她。

楊瑾說她很漂亮欸。她抬起無辜的眼睛，最後一次，愛慕地看著楊瑾，直到死去，眼睛也沒有闔上。

身爲死亡天使這麼久……他依舊無法習慣「死亡」。楊瑾白玉似的臉頰滑下了晶瑩的淚水。

第・八・章

鏡影

小咪和愛鈴對著臉，側身親密地睡在他身邊，恍惚中，他有種錯覺，像是看到一對雙胞胎……

一切都發生得太快。

被飄飄的妄想結界隔離保護，女郎催逼他們立刻上頂樓天台逃生，但是妄想結界擋得住神化的羅煞，卻沒辦法擋住成為傀儡的人類。

他們沒有心，所以不會困於妄想。這些木偶似的人類洶湧過來，領頭的是愛鈴的母親，她流著口涎，雙目無神的衝過來，嘴裡呵呵作響，眼看就要撲上愛鈴——

君心將愛鈴拖了過來，卻被另一個客人掄起沉重的雕像打了一記，若不是飛劍護體，他恐怕早就沒命了；挨了飛劍一劍反擊的客人，險些削去了半個頭顱，卻還是搖搖晃晃的站起來，和其他人像是瘋了一般撲過來。

女郎一急，丹田猛然緊縮，一股氣竄湧而至，還沒搞清楚發生什麼事情，她的衣衫已經破碎，低頭便看到自己巨大的腳爪。

第一次，她變身了。成為一隻全身雪白，昂首幾乎可以頂到天花板的巨狼。

她伏低發出一聲高亢震懾的威吼，這聲音像是憑空劈了一記響雷，讓這些成為傀儡的人類搖搖欲墜，幾乎站不住腳。

「走！快走！」女郎大吼著，「不走你們要怎麼對得起飄飄和葉霜？你們怎麼對得起我？走！」

「媽媽！」愛鈴尖叫，但是徐媽媽已經像是野獸一般撲向女郎，咬了女郎的喉嚨，吃痛的女郎也毫不客氣地揮爪，瞬間只剩下女子的半身，軟跪於地。

愛鈴晃了兩晃，暈了過去，君心一把抱住她，看看重傷無力站立的小咪，望著被人群包圍怒吼奮戰的女郎……

他不知道該怎麼辦，腦子亂成一團。

「我們走。」小咪冷靜地說，「我們能做的只有走而已。你若不走，是你的自由。」經過短短的休息，她搖搖晃晃的展翅，拉著昏暈的愛鈴半拖半飛往頂樓掙扎過去。

「我們就這樣拋下他們？我們怎麼可以這樣拋下他們?!」君心追了上來。

「不然你認爲該怎麼樣？大家一起死在這裡？」小咪冷冷地看著他。

其實她傷得很重。她的內丹幾乎都不動了，中了羅煞的神威，幾乎讓她比心臟還重要的內丹癱瘓。但是她不能讓愛鈴死在這裡，尤其是她的夥伴……她的家人……幾乎爲了信守承諾力戰而死的此時此刻。

是的。家人。不知不覺中，她這個無父無母天地生成的妖怪，已經將這個屋簷下的每個衆生都當成自己的家人。

有種陌生的情緒在她心底翻湧奔騰，幾乎要衝破她的胸腔。那是種強烈的失落和痛苦，怒張成無比的恨意。

神者而無明。憑藉了什麼來到她的家中，殘殺她的家人?!

這股嶄新的恨意化成力量，讓她重傷殆死之際，還頑強的拖著愛鈴往頂樓天台而去。她不要，她絕對不要看著愛鈴在她眼前死去，她也絕對不要稱了那個混帳神的心願，就這樣白白的送命。

總要有人活下去，將來好報這個冤讎。她不甘心，她不甘心哪！

快到天台，她晃了幾晃，掙扎著落地喘息，君心追了過來，扶住她。「我不指望你幫我。」小咪的聲音失去了冷靜，「你若要逃，就趁早逃了吧！」

「我怎麼可能逃？」君心生氣了，「我只是一下子不知道該怎麼辦……」

「帶我們走！」小咪對著他吼，「現在就帶我們走！」

他還聽得見女郎痛苦憤怒的狼嘷，樓下的飄飄和葉霜生死未卜……是，他放不下，他畢竟只是有著軟弱人心的人類。

他深吸一口氣，變身了。耳上舒卷著巨大的雪白翅膀，擁起小咪和愛鈴，就要竄出天台逃生……

下一刻，他只覺得翅膀一涼，傷口處整齊到不見出血，已經飄然半個翅膀落地，好一會兒，劇痛才隨著傷口泉湧的鮮血一起發作起來。

君心跌倒在地，小咪抱著愛鈴滾開，君心喘著氣，轉過身，面對著讓帝嚳附身的羅煞，他玉般溫潤的臉頰帶著殘忍的狂喜。

難道這就是神眞正的模樣？

他的飛劍意隨心走，居然擋不住羅煞的一記風刃，聖劍忙碌閃爍，居然一時療癒不了傷口。短短幾分鐘，君心已經覺得有點頭暈了。

小咪居然還可以在他手底下留得性命……不能說是不佩服了。

「想去哪裡？」羅煞的聲音這樣溫柔，「乖乖留下來吧，道爺還可以賞你個痛快……」

忽聞腦後風響，羅煞閃過女郎疾風似的攻擊，卻沒想到女郎只是虛晃一招，搶在羅煞之前，堵住通往頂樓的樓梯，擋在君心等人的前面。

「要他們？」她鼻上獰出怒紋，喉間滾著怒意，「除非踏過我的屍體！」

「賤狗！這裡有妳說話的餘地？」羅煞怒不可遏，揮袖發出風刃。

君心大叫一聲，黑髮陡長，絞擰成髮刃，糾纏住無影無形的風刃。雖是道行微淺不成氣候，卻是大妖飛頭蠻留下的妖氣，縱然被削斷了髮刃，卻緩住了風刃的力道，讓女郎來得及吟唱。

幼年時，她在人狼族的家鄉長大，學了多少她無法使用的咒文，一直到今天，即將殞命的時刻，她才有辦法吟唱出來。

無疑的，女郎的能力只是沉睡，並不是虛空。她在臨死之前，吟唱出人狼最完美的咒文。這幾乎是已經失傳，也沒有人狼能夠完美的施展，但是她辦到了。

當風刃劈到她門面時，她吟出最後一個字，將君心、小咪，和昏暈過去的愛鈴，挪移到其他的地方去。

無形的風刃侵入她的臉孔，化為森冷的寒冰，凍結癱瘓了她的血液，她緩緩的倒下，意識還清楚著，卻慢慢的死去。

痛苦？自然很痛苦。但是更痛苦的是，她不知道來不來得及見到楊瑾，也不知道將君心他們送往何方。

神如果是這等惡質，那她該跟誰祈禱？漸漸死去時，她是如此的迷惘悲哀。

身不由己的「飛」了出去，君心感到自己碎裂成億萬個金塵，飛速的劃過黑暗的虛空。這是非常沉重、滯怠，又無比空虛輕浮的感覺。

像是自己粉碎了，卻又被緊縮成極小的點，無盡的擴張和內縮。這種比痛苦還飄渺的感受……只有在狐影將他送往海南的時候出現過。

但是比起那時候，更漫長，也更難受，連維持清醒都是種奢求。

他往下想看看愛鈴和小咪在不在……只看到無數飛逝的光點，晃悠的像是黑夜裡疾行的火車，窗外狂奔而去的燈光線條。

然後他昏了過去。

所以他不知道，女郎畢生最精采也是最後的挪移大法，將他們送到仙界的入口處：廣寒宮。

廣寒宮其實不在月球，就像天界不在天上一般。只是月宮憑藉著月光的法力，開拓了通道通往人間，自古以來，都是迎接飛昇成仙者的入口大門。

但是這一次，卻因爲女郎爆發的妖力，破例將尚未成仙的人類送到了廣寒宮。他們就這樣昏暈在廣寒宮大門，引起素娥們的騷動，嫦娥出來看了看，也驚疑不定，趕緊回宮請示太陰星君。

正是滿月時分，以月光修煉的太陰星君正是最美的時刻。只見她雪襟飄袂，悠閒地梳理一頭長可委地、燦若綢緞的銀絲長髮，光潔的臉孔一絲瑕疵也不曾有。

自從人類妖族都冷淡了修仙之途，她的月宮果然如名字「廣寒宮」般相稱，成了一個寬廣、寒冷，門前冷清車馬稀的仙家宮殿。

但是對生性淡漠的太陰星君來說，毋寧要這樣的寂寥冷清。當然，年紀還輕的素娥們不免寂寞，但是她這樣修煉已久、世事皆不掛懷的仙人，那樣熱鬧繁華不啻是種苦役。

看了看嫦娥滿臉狐疑驚恐，她放下了梳子，「成了仙人這麼久，還是這麼慌慌張張的。有什麼事情值得這樣變了顏色呢？」

嫦娥款款跪了下來，「星君，咱們門口來了三個人。」

三個？這倒是大新聞了。星君納罕著。隨著人類理性和機械文明的進步，感染了妖族，愈來愈沒有眾生修煉了，近百年來，也只聊聊的收了幾個妖仙，人類成仙的一個也沒。

「是人類？」她站了起來，「名冊可有登記？」

嫦娥遲疑了一會兒，「是……兩個人類。」其實她也並不是很有把握。「還有一個肯定是妖族。」

「人類？妖族？不是成仙者？」太陰星君訝異了，急忙出宮去看。

創世未久，古聖神猶存的時代，她就已經誕生、修持，連她自己都不記得歷經多少歲月，見多自然識廣，眼前這幾個眾生，卻給她一種強烈熟悉的感覺……

但是細思索，又覺得茫然不可追尋。

她蹲下身，溫潤的手探出，微弱的法術氣息尚未散去，這是人狼的挪移大法。人狼族與月宮關係甚深，說起來，和她的法力也有遙遠的淵源，但是長居人間的人狼妖族歷經數百代，業已凋零。

是怎樣不世出的人狼天才可以將俗骨凡胎送到月宮呢？

星君低頭尋思了一會兒，嫦娥怯怯地看著這三個不在常理範圍內的凡人妖族，道：「擅闖天府是有罪的，星君，我們還是將他們交給南天門處理吧。」

這話其實有理……但是星君不想這麼做。「我們這兒只算天府的大門外，連天門都沒進，算得上擅闖天府嗎？」她橫了眼依舊昏暈的人，「讓他們死在這兒反而晦氣。叫素娥們將他們帶進來吧。」

「可是……」嫦娥想爭論，看到星君的眼睛，又訥訥不敢言。雖然星君說得有理，但是她總有種大禍臨頭的感覺。

不應該出現在這兒的人出現了，一定是有什麼地方不對了。她有不祥的預感，卻還是吩咐素娥將這幾個人救進來。

天空依舊是極深的藍，宛如夏天潔淨的夜空，但是不知道爲什麼，有股陰森森的寒，侵入了翠袖。

嫦娥打了個冷顫，趕緊將月宮的門關起來。只是那股寒意，一直徘徊不去。

君心第一個清醒過來。睜開眼睛，他還以爲自己躺在星空下，眨了眨眼，仔細凝視，才發現是深寶藍色的天幕滿繡著細小的珍珠，映著燭光，隨風搖曳，閃爍著。

這是什麼地方？

愛鈴呢?! 小咪呢?!

他猛然翻身，只覺得一陣陣頭暈。他變身後被削去了半個翅膀，流了不少血。雖然變了回來，右耳卻熱辣辣的痛，他顧不得疼痛，只是慌張的尋找——

小咪和愛鈴對著臉，側身親密的睡在他的身邊。

恍惚中，他有種錯覺，覺得像是看到一對雙胞胎……不，像是看到鏡影。

像是有人對著鏡子照。

是小咪照著鏡子，還是愛鈴照著鏡子？他也惘然了。

揉了揉眼睛，他又感到奇怪。其實她們沒有一絲相同。愛鈴皺著眉，眼角依舊含著淚，像是睡夢中依舊傷心著；小咪卻是冷著臉孔，即使闔著眼睛，還帶著無法解釋的深恨，無力變回人形的她，寬大的肉翅折疊如蝙蝠，和烏黑的頭髮糾纏在一起。

爲什麼他剛剛會有那種奇異的感覺？

茫然的環顧四周，赫然發現一大群的少女圍在他們身邊，帶著好奇又疑惑的眼神看著他們。這些少女都有著溫潤的臉頰和單純的神情，穿著柔軟的白衣服，或長髮委地，或挽起雲鬢，淡淡的桂花香氣從她們身上飄散出來，有種天眞又莊嚴的感覺。

「這、這是什麼地方？」他轉過臉，卻扯痛了耳上的傷口，不禁摀住耳朵呻吟。

「哎呀，你的耳朵剛敷上藥而已呢。」衆少女慌了，「可別摸了！愈摸會好得愈慢，摸壞了，將來你怎麼飛呢？這兒是廣寒宮。」

廣寒宮？君心微微一怔。這名字怎麼這麼該死的熟悉……「廣寒宮？」

「是呀。」少女們嬌笑，殷勤的送上食物。

「你叫廣寒宮、廣寒殿，還是月宮、月府，其實都是相同的地方。」

「人間現在怎麼樣？聽說人可以裝在大鐵鳥的肚子裡飛，有沒有這種事情？」

「你有沒有電腦呀？拿出來給看看。別的部門都有了，就我們星君討厭那個……」

這夥女孩子吱吱喳喳的，攪得君心一陣陣的頭昏。慢著，他們現在身在月府？那個天界的入口？他們是怎麼來的？

「你們怎麼來的呢？我們這兒好久沒有客人了。」

君心望著這群單純的超資深少女——無疑的，非常非常資深，天知道她們修煉幾百幾千年了——他喃喃著：「我也很想知道，我是怎麼來的。」

這群素娥喜他純樸，圍著他聊起天來。她們在月府修煉，託賴太陰星君的聖威，雖然負責招待昇仙者，卻不讓天界那票浪蕩子欺負。雖然說，修煉成仙了，也該息了凡心，但是總有那種厭倦了天界單調生活的仙人，沒膽子碰有名有姓的女仙，只好花言巧語、明逼暗嚇地垂涎這些官小職卑的素娥們。

難得看到這樣單純可人意的人間少年，素娥都圍著問長問短，君心也有問有答，素娥們聽得津津有味，更覺得人間少年比無行神仙要讓人親近些。

「好了！妳們都沒事做？」一聲嬌斥，嚇得素娥們趕緊垂手低頭，一個字兒也不敢再說，一位極豔的仙子走進來，豎起娥眉，「妳們就只管瘋？落花也不去掃，茶爐子也不用顧，丹房裡的玉兔兒都在偷懶，也沒人去看一看！還不快去做妳們的事情？」

素娥們悄悄的退了，連大氣也不敢喘一下，君心看著這位充滿敵意的仙子，模模糊糊的感覺到，她和那群無憂無慮的素娥不同。

她長得濃眉大眼，輪廓深刻，膚白賽雪，當眞是豔光四射。其他素娥們不喜裝飾，白衣素服，頂多插幾枝桂花，顯得一派女兒天眞嬌態；眼前這一位雖也穿白，卻精細暗繡，層層羅裳，雲鬢高高的挽起，插著珍珠螺鈿的金步搖，極爲講究，顯出一種低調的矜貴。

她冷淡的看了看君心，又看了看依舊昏睡的小咪和愛鈴。「那兩個女子若是醒了，快快離開我廣寒宮。這地方是你們來得的？誤闖也就罷了，饒過你們，快快走吧。」

說完只是厭惡地望了望他們，又飄然而去。

呿，好了不起嗎？他們又不是自己很愛來，需要這麼假高尚？「哼，狐假虎威。」小咪睜開眼睛，撇了撇嘴，「說得倒像是當家作主的。這背夫逃走、天界無處安生的嫦娥，架子愈來愈大了，眞要當家，也等太陰星君不在了再來擺架子吧！」

「嫦娥？她是嫦娥?!」君心大吃一驚，「不對，妳幾時醒的？」

「你們咕咕嘎嘎的，死人也吵得醒，還想我睡得著？」小咪勉強起身，運轉內丹，發現雖然傷重，但卻好得多了，想來太陰星君給了什麼靈藥，救了他們。

伸手摸了摸愛鈴，她心頭頓時一涼。

很不該一時意氣殺了她的父親，女郎又在她眼前殺了母親，遭到雙重重創，她將自己「鎖」了起來，像是個癡人似的。

「愛鈴？愛鈴！」君心什麼也不知道，只是搖著睜開眼睛的愛鈴，「覺得怎麼樣？這不是久居之地，我們得快快離開！」

「不用叫了，她聽不見。」小咪盤腿準備調息，「這裡的確不是久留之地，我們還是去找楊瑾比較實際。這些仙人無情無義，都是要咱們的，讓我靜坐一會兒，咱們就走。」遂閉上眼睛潛修。

君心哪有她的鎮靜，搖了愛鈴幾下，只見她面無表情，用神識內觀，發現她幾乎所有的情感都停擺，眼見是個廢人了。想到楊瑾的請託，飄飄、葉霜、女郎的捨命相救……他一時百感交集，心頭一酸，幾乎掉下淚來。

「哭管什麼用呢？」小咪依舊闔眼，淡淡地說，「哭若有用，就算拿鞭子抽你，我也逼你哭，偏偏是不管用的。我勸你靜一靜心，且調好你的傷吧。」

這樣淡淡的語氣，反而讓君心狐疑地望著小咪，但她又閉上眼睛沉默，再也不說話了。

找不到？怎麼會有這種事情？

羅煞使用著帝嚳的神通遍尋人間，愈來愈不耐煩。區區一隻人狼，法術能高明到什麼地方去？爲什麼可以挪移到他找不到的去處？

此刻的他，可是借到了天孫的神通哪！

他愈想愈氣憤，捏著手訣，拘來了值日天曹。「不要跟我擺架子推托。」羅煞冷冷地看著天曹，「我在追捕的那些人，是到哪兒去了？」

值日天曹不禁發怒，一個未成仙的道士，憑藉著後台對他大呼小叫，他當這神仙還有什麼意思？「不知道。」

羅煞幾乎狂怒起來，但是帝嚳的記憶思想卻掌控了他，讓他不由自主的說話了，聲音是那樣的溫柔悅耳，「聽說凌霄仙子的眼睛也很美，只是我還不得見罷了。」

是帝嚳！值日天曹的背上湧起冷汗。他和凌霄仙子相戀多年，一直用心保護不讓這個背德天神看見。

「現在。」羅煞聲音依舊輕柔，「你可想起我要的人在哪兒了嗎？」

「……小神並不深知。」他勉強回答，「似乎往月府去了。」

「哦，還說不知道呢。」悅耳的笑聲響起，「我先去看看。若沒有……或許我該去看看凌霄仙子的眼睛，是不是夠美麗。」

值日天曹垂首等待羅煞離去，一時之間，突然覺得種種苦修不過是場空。當初他厭惡人間種種不公，所以修仙；如今天界的不公，更數百倍於人間。

或許他該帶著凌霄下凡去了……

羅煞闖入廣寒宮，不聽素娥、天丁的阻攔，一路闖到太陰星君的寢宮。

太陰星君冷冷地看著他，有些厭煩的。這樣的人也能成仙？天帝生了這樣浪蕩無德行的天孫，就該直接打殺了，做什麼把帝嚳貶下凡間為人？反而讓他在人間培養出一票只有法力沒有德行的修仙者，一旦成仙，也只會在天界橫行霸道，結成逆黨，不知道存了什麼心。

這羅煞，是帝嚳在人間收的最後一個弟子，才能有多高，個性就有多貪婪。這等人……挫骨揚灰、將魂魄拘禁在九幽永不翻身都算便宜他，還成什麼仙呢？

「帝嚳，別人怕你，我可是不怕你的。」太陰星君厲聲道，「擅闖本宮內院，該安什麼罪名，我可要去跟天帝好好的討教討教。」

「我是羅煞。」他冷哼，「跟我師父什麼關係？星君，妳要去便去，我也知道妳不怕我師父。但是妳宮裡的素娥怕不怕，那我就不知道了。」

星君氣得臉孔煞紅，又轉慘白。她雖然於世事皆淡漠，卻極為疼愛這些在她宮內修煉的素娥們，她深居簡出除了懶於交際，也是怕這敗德天神摸到她宮裡傷生。

蓬萊仙翁赴個蟠桃會，仙島上所有女童都失了眼睛。人人都知道兇手是誰，卻又抓不到眞憑實據，連天帝都只派葛仙去醫治，這件事情就這樣輕輕揭過了。

「犯得著為了不相干的凡人損一宮生靈？」羅煞皮笑肉不笑，「妳讓我把人帶走，我就勸我師父別碰妳月宮。眼下我師父雖然被軟禁，但他到底是天帝唯一的孩子，妳也知道天帝罵一頓、打一頓，也不想眞的對我師父怎麼樣……」

「好了，不用跟我宣揚你師父如何的勢大如天。」星君霍然站起，「是有！這三人正在我宮內，但要我做此敗德，將這三人捆給你……不能！有本事，你就在我千間宮殿裡把人找出來帶走。」

「妳也太不乾脆了！」羅煞失去了耐性。

「不依我？那本宮寧可死守月宮，寸步不離，我看那帝嚳能將我怎麼辦。本宮懶於爭鬥，可不是不會打架的！」星君也發怒了，卻朝身後擺了擺手。

嫦娥雖然會意，卻遲疑起來，和天孫作對，絕對是討不了好的……反而是素娥們看不下去，偷偷溜去報信。

「你們可快走了！」素娥奔到君心那兒，急切地說，「莫延遲了，快走快走！羅煞上門跟我們星君吵鬧了！」

第·九·章

眾生悲嘆，蒼天不語

「我……不是妳。」內丹化成的殷曼露出茫然和痛苦，「但我也是妳。」她耳上的蝙蝠翅膀覆滿了羽毛，昂首望著幽深的泉，「妳若是殷曼，那我……是誰？」

走？可以走到哪裡去？

君心將呆滯的愛鈴背在背上，拉開大門，只見千間宮闕千迴廊，這美麗的廣寒宮遍地水晶蕩漾的地板，宛如琉璃鑄造，倒影和燈光，更讓這千間宮室像是無盡的迷宮，不知道該往哪裡去。

素娥看他們呆住，急得跺腳，「走啊！快走！愣著做什麼呢？」

「該往哪裡去？」君心更急，「我連前後左右都分不清楚……」

素娥看了看熟悉的景象，又看了看茫然的這行人，突然恍然大悟。太久沒有成仙者造訪，她都忘了廣寒宮素有「千殿迷宮」的稱號。

但是現在說明路途哪來得及？轉了轉念，依稀想起自己初來月宮時，姐姐們教她怎麼分辨方向。

「別讓肉眼迷惑了。」她脫口而出，拿下簪在髮上的桂花，甫離手，那桂花發著微微金黃的光芒，居然朝宮外緩緩飄去。「記住這桂花香！跟著香氣走，若看到黃金月桂，你們就有救了！月桂樹有人看守，那是執行仙人貶遷的，你只要說誤闖，希望回到人間，應該可以如願。」雖然看守者脾氣怪誕，但總是有點生機不是？

她斂了裙裾要走，君心趕忙喊住她：「姐姐！我會記住您的恩情，來日有機會一定報答……」

「什麼時候，還在這兒囉唆？」素娥急得跺腳，「罷咧，別帶累我就好，敢指望你報答？」她捽了捽袖，「快走吧！」

君心倉促地背著愛鈴，扶著還不太能行走的小咪，惶恐地追著桂花香氣前行。水晶琉璃似的宮闕，到映著彼此的門扉樑柱，閃爍晃眼宛如鏡之迷宮。幾次桂花香傳來的地方像是水晶壁，他還是咬一咬牙，衝了過去——

這才知道他讓眼睛騙了。跌跌撞撞的，隨著桂花芳香的香氣，他們逃出廣寒宮，只見冷漠永夜的天空，寶藍地鑲了許多珍珠般的繁星；一望無際的草原，只有一棵巨大的黃金月桂樹聳立著。

沉重的桂花將枝枒壓得低垂下來，繁茂盛開成一種無聲的囂鬧。無風自飄，那支曾經簪在素娥髮上的桂花，融入千花萬朵的金黃中，還歸了源頭。

幾乎是瞠目地看著這巨大又挺秀的月桂。事實上，它並不是希臘品種的月桂，而是實實在在的黃金桂花，只因它生在月宮，而且是唯一的一株，這才稱呼它是「月桂」。

它是這樣的高大、挺拔，宛如淑女般擁有溫婉的氣質，樹根下湧著一汪碧泉，大得像是個湖泊，不斷飄下的桂花，讓碧泉起了許多小小的漣漪，倒映著月桂秀挺的身影。

但是君心沒有看到什麼看守者。

他走到泉邊，只見如鏡的碧泉，像是一面通透的玻璃，一個模糊的城鎮忽隱忽現，君心定睛一看，劇烈的哀傷襲上心頭。

那是矗立在峭壁上的天使公寓。

他住了半個暑假，和裡頭的眾生打打鬧鬧、爭吵歡笑的天使公寓，依舊是樹籬笆，白圍牆，依舊是安靜的坐落在陽光下。

但是所有的人都不在了。

爲了一個人的貪念，這些可愛的衆生……都消逝了，他鼻酸落淚，在廣大的湖泊激起了漣漪，這漣漪細微卻遠大，震動了整個碧泉。

碧泉翻滾，陣陣清新湖水混合著桂花的強烈香氣襲來，翻滾的浪濤柔和如女孩兒的臉孔……然後凝聚成水色的人形。

一個有著月色白的肌膚、水藍色衣裳，渾身滾著水珠的美貌少女，凝視著他。

「是誰對著我的泉獻上眼淚？」她的聲音縹緲，「莫不是對塵世起了眷念？遭刑的天人何在？」

君心錯愕地看著她，好一會兒，連話都說不出來。

或許是她的美貌令人震驚？亦或是她氣質冰冷卻有著春威？可能都有也可能都不是。他只是呆呆地望著泉水凝聚的少女，心裡湧出一種自己也不懂的親切。

「……嫣瑤。」

他和少女都同時震動。這個名字，這個陌生的名字……爲什麼他會喊出來？

「你何以知道我的名字?!」螭瑤像是怒濤般奔向他，宛如冰晶凝聚的雪白指爪幾乎掐入他的肩膀，「這名字……這名字……連我都遺棄很久的名字，你爲什麼……」

「我不知道。」君心愣了好一會兒，坦白地說。

她美麗的瞳孔燃著怒火，倒豎宛如爬蟲類的金色眼睛，但是他不懂，爲什麼他不害怕。明明這位美麗的少女身下蜿蜒著盤據的蛇身，明明她的指爪已經刺傷了他……他不明白爲什麼他不害怕。

疲累的小咪抬起頭，冷冷的打破僵持的氣氛，「他的確不知道，他是個人類。你知道人類的血緣總是混雜太多神魔，許多記憶的碎片也跟著血緣沉眠著。妳要追究那些片段的碎片呢，還是渡我們一程?」

「他沒有任何血緣流落在人間!」螭瑤厲聲，卻鬆開了君心，表情脆弱而茫然。「他只有我而已。我得看守在這裡，等待他成仙歸來……他總有一天會歸來的。」她的聲音愈來愈小，愈來愈小。

那個「他」……是誰？

她垂下美麗的頭顱，長髮和泉水融成一體，她在落淚，這泓碧泉……每一滴每一點，都是龍族的她落下的眼淚。

「我不想知道這些。」小咪咳了幾聲，她內息感到無比煩悶，愛鈴漸漸崩壞的靈魂似乎影響到她，令小咪感到愈來愈窒息，「我只問妳讓不讓我們過去。」

螭瑤看了看這個凡人，又轉眼看看小咪和愛鈴，她那雙可以明辨一切的眼睛困惑了。原本她不該放人隨意進出，但是她從來不留眷戀人世的仙人或非仙。

他們不想留，這是眞的。這個年輕的人類，是個還不成氣候的修仙者，這也是眞的。

「我可以讓他過去。」她纖長的指爪指著君心，「但是妳不能。」

小咪被激怒了，「爲什麼?!只因爲我是個蝙蝠妖？難道人類和衆生差距有那麼大？即使妳是仙神，但也是妖神出身，妳……」

「誰對妳下了暗示？」螭瑤覺得奇怪地看著她，「妳怎麼會是蝙蝠妖？妳不入眾生之列，甚至不是人類，妳……根本不是完整的。」

「妳說什麼?!」小咪幾乎衝了上去，君心急忙架住她。「我就是我！我一樣有呼吸有心跳有想法，爲什麼我不是完整的？」

螭瑤遲疑了一下。她並沒有生氣，只是有點手足無措，就像是充滿智慧的長者，卻沒辦法告訴三歲幼兒「誕生」的眞相與意義。

「妳的情感在這邊，妳的靈魂也在這邊。」螭瑤指了指呆滯的愛鈴，她不知道怎麼說明才好，「但是妳的情感，好像受到重創癱瘓了，而妳們的記憶，分持一半的鑰匙，鎖著打開不了。」

她嘆了口氣，這樣的說明，連她自己也不懂。「不是我不讓你們過去。這泓碧泉是我的龍淚精華，可以療癒所有生物的創傷和破碎，你們得穿過泉水回到人間，但是我不知道……會產生什麼後果。」

這世上還有多少人叫得出她的名字？不多的，不多的。就算是遙遠血緣的破碎記憶，她都異常珍惜。

她不忍心讓那個人類的心受傷，而且，她沒見過化人的妖族和自己內丹分離，內丹還孕育出另一個自己。

硬將孵出來的小雞塞進蛋殼裡會怎麼樣？更何況那個情感停滯的人類身體，靈魂似乎破碎了。

人類脆弱而細緻，她不知道穿過泉水後的結果。

「妳不要花言巧語絆住我們。」小咪冷冷地說，「妳該不會是怕了帝嚳或羅煞，存心拖延不讓我們走吧？一句話，給不給走？」

「不給。」溫柔如春風的聲音追了上來，卻讓人毛骨悚然。讓帝嚳附身的羅煞穿過了半毀的廣寒殿，飄忽地落在泉旁。

他沒有耐性尋找道路，使用了神通力打垮了宮牆，離開了迷宮。

君心擋在小咪和愛鈴身前，拔出了靈槍，螭瑤橫了他一眼，冷漠地望著羅煞。

「你不到來這兒的時候，修仙者。」

「刑仙，妳該知道我是託賴了誰的神通。」羅煞冷笑，「將那三個小傢伙交給我。」

螭瑤冷冷地回望，像是望向一片空氣。她平靜的對小咪說：「妳若不後悔，可以穿過碧泉而去，我不會阻止。」

「刑仙，妳當著我的面縱放人犯！」羅煞發怒了，帝嚳又掌握了羅煞的聲音和神智，語氣輕慢柔和，卻讓人感到徹骨的陰森，「螭瑤，妳為了留在天界，連愛人的仇恨都可以忘記。妳不是誓言永遠服從我嗎？」

「我服從的是天帝。」螭瑤露出冰冷的笑容，「現在，你是嗎？」

這位貴為天孫，曾經代理過天帝職務，又因為殘忍背德被趕下帝位的帝嚳變了顏色，他的震怒引起凝成利刃的狂風，劈向螭瑤——

螭瑤的龍尾攪散了狂風，她盤據起來，幾乎有三個人高，將君心等護在她的身後。「你認為一個附身的傀儡可以打敗我？我可是刑仙者！所有該貶的仙神由我遣出，所有該殺的仙神都在我的泉裡斬首！」

她冷笑，「帝嚳，你可以瞞得了別人瞞不了我。你所愛的只有你自己，所謂的弟子只是天帝下定決心將你除掉時的軀體，供你附身後繼續為惡的殼子！你哪會那麼慷慨借人神通？你只是藉著這個機會好搶奪弟子的身體而已！」

這話引起羅煞的驚愕。他雖然被帝嚳控制著，卻僵硬起來。

「沒用的廢物！」帝嚳罵了起來，「別人幾句空話就嚇住了你！枉費我花了那麼多心血教導……」羅煞卻恐懼地拚命和帝嚳搶奪身體的主控權。

覷著帝嚳的神識和羅煞僵持，螭瑤一擺尾，將君心等人掃入泉中，羅煞見宿敵居然逃脫，大叫一聲，疏了心神，又重新讓帝嚳壓制了。

「螭瑤！」帝嚳對著刑仙者怒吼，「妳不要當我會永遠被關著！違抗我的只有死！」他俊逸的臉龐寫滿殘忍，「妳這怪物的眼睛我不要，我要挖出來餵狗。」

「隨你高興。」螭瑤冷冷的回到泉中，「你不要忘記了，天界只有我可以跟悲傷夫人對話。你敢殺我，請便。」

她盤蜷在自己身上，水藍色的眼淚不斷融蝕在泉中。

如果帝嚳要殺她，她也不怕。只是她誓願過永遠要守護這個泉，維護這天界的法典，和對著悲傷夫人唱歌。

若不是她還抱著漸漸熄滅的希望……她寧可死。

「你，知道我在忍死等待你嗎？」她湧出更多了淚，「心愛的你啊……魂歸何處……」

穿過了泉底，依舊是泉。

向上望可以看見哀嘆哭泣的螭瑤，但是往下是深藍的虛無。他們在沉，不斷地往下沉。

這泉水這樣深幽，像是沒有盡頭的寂寞。

沒有生命，沒有生命，就是一片虛無的死寂，往事不斷地在腦海掠過宛如跑馬燈，這是否，就是臨終的感覺？

君心抱著愛鈴，拉著小咪，不斷地往下沉。

愈深就愈暗，最後沒有一點光亮，只有沒有止盡的寶藍色。然而在這片幽暗中，有些光影閃爍。

許許多多的飛禽走獸、妖魔神靈，交會地穿過他們，連見多識廣的小咪都睜大眼睛，她不能夠了解，這些虛影是怎麼來的。

她甚至看到了楊瑾……將手足依舊虛弱無力的自己抱起來，然而床上沉眠的，是另一個自己。

還來不及看清，另一個虛影撲了過來，幢幢重重似鬼影出沒，上演著各式各樣的悲歡離合。

她甚至看到大笑的女郎，佝僂著背努力畫畫的葉霜，和正在說書的飄飄。她看著這些栩栩如生的家人……胸口陌生地痛了起來。

原本呆滯的愛鈴頭一次抬頭，望著遠遠飄過來的幻影——牽著已經成爲少女的她，爸爸媽媽從療養院接她回家。

接我回家。爸爸媽媽來接我回家了。「啊啊啊啊——」她發出尖銳的叫聲，用力甩開君心的手，衝向幻影，卻被寶藍沉滯的水流帶走。

這些，都只是幻影啊！君心伸出手想抓住她，卻被水流沖開，沒想到小咪也鬆了他的手，拚命的游過去抓住愛鈴，「那些是假的，一切都是假的！愛鈴，你爸媽已經死了！」

死了？

愛鈴腦海裡湧起不想回憶的片段……她「看到」小咪殺了她的父親，女郎殺了她的母親。

她的家人殺死了她的家人。

她可以怪誰？怪被操弄的父母？怪想盡辦法犧牲生命也要救她的眾生？

最應該怪的，是這被詛咒的體質和被妖邪垂涎的她啊！她才是最不該存在的人，如果沒有她……大家都不會死，大家都會活著……

父母和眾生家人的慘死，引起愛鈴柔弱心靈的崩潰，她沉重如鉛，求死的意念讓她飄向黃泉……

這深幽沒有盡頭的泉水，是仙與非仙，生與死的交界。意念是唯一的羅盤，然而求死者，就會飄向死亡的黃泉。

這些幻影並不邪惡，只是每個人投射的記憶和懷念。當然，還有懊惱和悲痛。湍急的水流中，小咪倔強地抓住愛鈴的手。她沒辦法忍受，沒辦法忍受她熟悉的人在她眼前消逝，她已經失去太多了！

「愛鈴，愛鈴！」她將眼神渙散、呼吸漸漸停止的愛鈴抱著懷裡，頑強的抵抗黃泉的呼喚，「難道妳只在意失去的人嗎？那我們這些還沒失去的，妳就不在意了？看著死人哭有什麼用？我們活著的人怎麼辦哪？我絕不讓人奪走我身邊任何一個人……我不要！」

這是第一次，小咪的情緒爆發了。她感到自己像是火一樣燙，瘋狂的燃燒。這股透明的火焰順著自己，延燃到愛鈴的身上。在這個療癒和痛苦、生與死的泉裡，她和愛鈴面面相覷，竄起狂熱的火苗。

這股淨火讓無盡的黑暗褪去，照亮了九泉。她們愕然地看著彼此的封印被淨火燃盡，失去的記憶像是拼圖般重組，完整，兩個人的容貌漸漸一致……像是相對著鏡影。

碧泉的水流像是被火焰凝固住，宛如巨大的琥珀困住了小咪和愛鈴，她們彼此凝視，面容和記憶不斷的同步。

驚訝這樣的巨變，君心想要將她們拉出來，卻像是被無形的牆擋住，他望著，卻覺得自己無法呼吸。

小曼姐。她們兩個……和小曼姐一模一樣！不管是氣息還是容貌，完完全全都跟殷曼一樣……

「小曼姐？」他輕呼，眼淚不斷的流下來，「殷曼！小曼！妳怎麼可以丟下我不管……妳怎麼可以……」

他泣不成聲，雖然不理解爲什麼他的小曼姐會變成兩個，但是對他來說，只要她還活著，哪怕她成了怪物，他都不在乎。

只要她還在這個世界上活著就可以了。

她互相凝視的兩個殷曼轉過頭來看他，眼中有著濃重的悲傷，和翻滾的喜悅。她模模糊糊的知道，自己化人失敗了，前塵往事如夢一場，她想到重擊靈魂的悲痛，依舊是感到破碎而惘然。

她，終究只有肉體化成了人，不願意成爲人的內丹，從她身體裡分裂出來，又成了另一個自己。

是什麼地方出了差錯？她借胎失敗，化人失敗，甚至一分爲二，妖力也隨之減弱了許多。

她不是刻意將記憶也鎖住，不讓自己去想念君心嗎？爲什麼又會和他重逢？這是上天的捉弄還是安排？現在的她該怎麼辦呢？

「我……不是妳。」內丹化成的殷曼露出茫然和痛苦，「但我也是妳。」她耳上的蝙蝠翅膀覆滿了羽毛，昂首望著幽深的泉，「妳若是殷曼，那我……是誰？」

她們兩人心裡都是一片迷惘，不知道如何是好。

然而，他們卻隨著「迷惘」，回到充滿迷惘的人間。

穿過了生與死的碧泉，她們療癒了記憶上的碎裂，卻帶來了更多的傷痛。

緩緩的落地，他們眼前是大片的沙漠，夕陽西下，滾滾沙塵嗚咽，沙漠的熱氣依舊蒸騰，刮過的風卻淒涼的寒。

他們在哪？君心茫茫然地看著這片沙漠，很欣慰的是，有處廢墟似的石牆可以勉強躲避寒風，還有口半枯的井。

打了水上來，苦澀帶鹹，但是沒有人抱怨，默默的喝了幾口。這畢竟就是人間的氣味。

君心滿心的話想說，兩個殷曼也欲言又止，卻誰也沒有說出口。

沒想到，苦痛折磨想念不已的重逢，居然是這樣的沉默以對。充滿窒息感的緘默持續著，寒風一遍遍的刮過去，像是鬼在吹口哨。聽這單調的哨音太久，眞的會令人瘋狂。

依舊非常混亂的內丹殷曼，一直蜷縮成一團，像是受驚的小貓。所有的回憶都像是被人胡亂塡進去的書頁，她完全沒有實感，不管是殷曼的回憶、小咪的回憶，對她來說，都非常衝突而陌生。

只有一件事情是眞實的。只有她對君心深切的愛慕，所有良善面的情感，熾熱的在她心裡燃燒，但是看著君心從廢墟裡翻出陳舊的軍毯蓋在另一個殷曼身上，這些溫柔的情感立刻轉變成惡毒的嫉妒。

他是我的！是我的！

無法克制的，她跳了起來，狂亂的叫著：「這世界上只需要一個殷曼！」十指如刃，幾乎要插入另一個殷曼的身體裡……

但是，她看見另一個自己痛苦而無辜的眼睛，和她眼睛倒映的，同樣悲傷的自己。與君心之間的回憶，屬於小咪和愛鈴的回憶……飄飄、葉霜、女郎……

還有總是淡淡微笑的楊瑾。

「我受不了，我受不了了！」她又哭又叫，「讓我回去！讓我回去當小咪！我要回家，我要回家！這一切只是惡夢而已……我沒有情感，我不需要情感！讓我回去……」

「小曼乖，怎麼了？」君心抱著她哄，「不哭不哭，我在這兒呢。」

她倒在君心的懷裡痛哭，聲嘶力竭的，像個小孩般撒賴。

化為人身的殷曼看著她，心裡有股憐憫，卻有幾分溫柔和憎恨。這世界上……的確不需要兩個殷曼。

她不願意看到君心對她溫柔，即使她也是「殷曼」。

是什麼地方出差錯了呢？

默默坐在營火邊，她聽著內丹殷曼撒嬌的哭聲愈來愈低，終於含著眼淚睡著了，撥著營火，她沒有說話。

「妳在胎結之後的階段，也常常這樣哭鬧。」君心打破沉寂，臉上卻是罕見的滿足和溫柔。

「那是化人的副作用。」她不想多說。最少內丹殷曼還在君心懷裡時，她不想說話。

「那也是妳。」君心誠摯的看著她，「是妳心裡沒有長大的部分。」

「她想殺我欸。」她不大自然的笑笑。

「妳呢？」

我？殷曼摸了摸自己的臉孔，別開頭。

沒錯，她也有這個念頭。爲什麼她不敢看那張滿是淚痕的臉？是否她誠實的表達自己的想望，而她卻被矜持禁錮住？

「妳們只是有點混亂。」君心一笑，「其實沒關係，就算是兩個人也好。當作重新出生，一起當雙胞胎姐妹吧。」

「……你愛她多點，還是愛我多點？」她管不住自己，問了出來。

「這個……怎麼說呢？」君心羞澀的一笑，「說都愛會不會挨打？但我眞的都很喜歡。就算將來妳們都不愛我也沒關係，各自嫁人也好，再也不見我也好……」

他的笑容漸漸哀傷，卻是歡喜的哀傷，「妳們只要好好的活在這個世界上，讓我知道妳們很平安就好。」

他的聲音顫抖起來，帶著哭聲，「我、我……我一想到妳可能修仙失敗，就這樣消失在世界上……我成仙到底還有什麼意思？狐影叔叔說，妖族就算化人、成仙，靈魂也沒辦法轉世，我若先死了，看不到就算了，若是妳在我不知道的角落消逝了，我……我……」

他低下頭，大滴大滴的熱淚落在內丹殷曼溫潤的頰上。

「你這樣困於情障，對你成仙之路大大不利啊……」殷曼也跟著哭了。

第·十·章

重逢是離別的開始

淒涼的雨後沙漠，短暫的生命搶著抽芽開花，但是降下珠雨的人們，卻在漸漸死亡……

楊瑾憔悴的出現在幻影咖啡廳，把狐影嚇了一大跳。

「我不是說，不要來找我嗎？」狐影氣急敗壞的，失去往日的鎮靜，「……她呢？她長大了嗎？」

他們都知道，狐影口中的「她」是誰。

「我把她取名爲愛鈴，替她安排了一個身分。現在她名義上是我的外甥女。」

楊瑾抹了抹臉，「狐影，我有違你所託。」

這個比女人還要美麗的狐仙臉色大變，一把揪住楊瑾，「殷、殷曼死了嗎？」

殷曼？這名字好生熟悉，他在這片小島執行勤務已經有段時間了，有名有姓的妖族幾乎也都耳聞過……

「大妖飛頭蠻殷曼？」楊瑾大吃一驚，「你是說，你將化人後的飛頭蠻交給我？但是……她爲什麼是這樣？她應該是個嬰兒的模樣才對！」

「哎，她超過化人的境界太多了！」狐影急得跳腳，「殷曼怎麼了？你說呀！」

「……我不知道。」

「什麼叫作你不知道?!」狐影吼了起來。

「有個奇怪的東方神族來我家殺了我替她安排的看守者，卻不見愛鈴和另外兩人的屍體。我只能確定他們還活著，但是人在哪裡……我實在不知道。」楊瑾扔了片磚瓦過去，「我對東方神族不了解，我不懂他們要愛鈴做什麼，我甚至不知道是哪個神人。」

狐影撿起磚瓦，臉孔變得慘白。這是他想忘也忘不掉的法術氣息。在他還在天界為神時，這個變態又無恥的背德神祇，將他宛如野獸般捕捉虐待，他幾乎拚出命不要，才得以逃生。

曾經代理天帝，引起神魔大戰，後來被貶廢下來，卻沒有受到任何處罰，這位身分貴為天帝唯一的後裔，尊為天孫的天神——

帝嚳。

「不可能的……怎麼會有這種事情?」狐影勉強笑笑，「他讓舒祈禁錮，逼得天帝將他抓回去軟禁了，他怎麼可能……」但這塊殘破的磚瓦上面還留著帝嚳殘忍的法術餘波。

冷靜，現在他要冷靜下來。

「我先去找太白星君。」這老小子是天帝的心腹，一定知道帝嚳是不是私逃了，「蓊梨。」他懇求地望著坐在櫃台邊的梨花花神，「幫我找出殷曼的下落。」

蓊梨遲疑了一下。殷曼化人後，已經和以往不同，再說殷曼千年道行妖力精深，即使她擅長透過世上每一株梨花覓人，也未必找得到。

她撿起磚瓦，另一個令她忿恨的氣息撲來，比帝嚳的邪惡更邪惡。這股濃郁的貪念，曾經凌辱殺死她最心愛的族女。

「羅煞，你也有份嗎？」她冷冷地說，「上天下地，我也要把你翻出來！」

她祭起玉盆，盆內水波蕩漾，丟下一片梨花瓣，像是要炸了玉盆似的激起數尺浪濤，而後回復平靜。

梨花瓣盤旋又盤旋，許久沒有定位。

楊瑾雖然心急，卻沒有催促，他默默戴上帽子，出了幻影咖啡廳。這是他的過失，不管他心愛的養女是什麼人，他都要找到她。

濫用職權，可能會被免職吧？但是，誰在乎？他只希望愛鈴平安幸福……小咪也可以平安幸福。

他永遠不會忘記那一天……

如常的去叫醒愛鈴，卻發現她的身邊睡著和她一模一樣的少女，或者說，豔光還沒被遮掩前的愛鈴。

像是胎兒般蜷縮著，臥在雪白被單中，長長的睫毛在臉頰上落下陰影。

他對東方神妖不夠了解，但也知道這樣不尋常。爲了不讓愛鈴產生混淆，他悄悄的將那位初生的少女送走。

最後，她還是被送了回來，因爲過度聰慧，人類甚至建議他將小咪禁錮起來。這件事情，他一直埋藏在心裡，因爲連他都不了解這種神祕。

愈寶愛愛鈴，愈對那個喜歡吃水果的妖族少女感到愧疚。隱隱約約的，他明白小咪應該也是愛鈴，但是待遇如此不同。

或許他這麼做會被免職吧？坦白說，他什麼也不在乎了。違背嚴格的誡律，他開始呼喚這世上所有善良的亡靈，要求他們找尋愛鈴和小咪。

爲了他心愛的養女們。

只剩下最後兩個時辰。

佔據羅煞身體的帝嚳望著紅塵滾滾的凡間。他在看，卻不只是用眼睛。這世界宛如一疋極大的織錦，一經一緯都息息相關，在這些經緯中，他看得到逃走的獵物，他們微弱的氣息透過這匹織錦，纖細卻清晰的透露他們的所在。

雖然只剩下兩個時辰。

他的能力一直被壓抑著。從神魔戰爭之後，他隨心所欲的日子就告終了了，那些倦於征戰的神祇，居然和各天界達成共識，將他當成首席戰犯，驅趕下帝位。

都是一群沒用的東西！他本來可以打敗一切，取下人間，讓魔界臣服，甚至他還可以征服其他的天界，將這世界統御在他的手下，但是這群無能的廢物，忌憚他的優異，居然拱出那個退休的老不死，將尊貴的天孫囚禁起來。

那個老不死什麼也不是，只是個處處阻撓他的老傢伙！居然趁他睡夢中時，穿了他的琵琶骨，囚禁了他大半的神力，囚居的歲月這樣漫長無聊，他只能製造優秀的神器打發這種無盡的無聊。

製作神器，最需要的是，美麗的眼睛和靈魂。他獵殺靈魂和眼睛時從來不會愧疚，因爲他的巧手，原本會消逝的美，將成爲神器而永恆。

但是這個老廢物只因爲幾雙美麗的眾生眼睛，一而再、再而三的懲罰他，甚至將他貶下凡間，成爲廢渣似的人類！

早晚他會殺了那個老廢物的。既然已經生下了他，那老廢物不該霸佔著帝位和榮耀存在於世，等他一切佈置好了……

現在他只需要那隻千年飛頭蠻，而這個充滿貪念的人類正好成全了他的願望。

他將羅煞的靈魂像是一團破布般塞在陰暗的角落，非常高興重新有了可驅策的身體。這弟子太懶了……沒好好的修煉，讓他附身得不太舒服，但這是他最笨的弟子，也最得他歡心。

因爲他雖然貪婪，卻愚蠢。其他成仙的弟子或多或少都對他有防備，只有這個最小的徒弟對他一點戒心也沒有。

還有兩個時辰……每年的「天誅日」，是天帝力量最弱的時候，所以他受到的咒縛也最虛弱，因而給了他自由的時間，只是，天誅日快過去了。

等他飄忽的出現在沙漠，看到了他的目標，帝嚳的心終於放下來了。

兩個時辰夠了。

「過來吧，殷曼。」他悅耳的聲音充滿誘哄，「難道妳不想合而爲一？妳若希望永遠不和那個人類分離，就只能來我這裡。」

兩個殷曼都站了起來，臉上有著相同的恐懼。內丹誕生的殷曼，忘記她曾經有過的混亂，將另一個殷曼推到她身後。

她是殷曼，但她也是小咪。她突然意識到這一點。她不要……再看到任何家人死去而無能為力。

望著這個突然出現的神祇，君心黑髮陡長，耳上的雙翅招展——只是少了半個翅膀，他甚至將七把飛劍都喚了出來，拔出靈槍。

他心中原本的極度恐懼都消逝了，只剩下一種絕望的平靜。

這是一個天神。不是狐王分身，也不是他對付過的任何一種小妖。他擁有神的威嚴和神的神通，至高無上，僅次於天帝。

對上他，就像是螻蟻對上巨象，君心光要好好站著都辦不到，猛烈的神威像是暴風雪，侵骨的襲來。

但是君心還是面對著他。

「你沒有碰小曼姐的權利。」

帝嚳連正眼都沒有瞧他，甚至連傷害他都不屑，像是看待一粒灰塵似的，從他身邊走過。

君心的靈槍冒出火花，筆直的射向帝嚳，連他向來護體用的飛劍，都宛如流星般襲向帝嚳。

靈彈發出閃光，卻在帝嚳面前蒸發，鐺鐺幾聲，飛劍像是鐵塊般落地，原本附在飛劍上粗具神識的劍靈，發出尖銳的哀鳴，被帝嚳吸入了身體內……消失了。

就這樣消失了……這些飛劍陪伴他多少年，在他最無助最傷心的時候，一直默默的陪伴他。他忍不住心內的傷悲，大吼一聲，黑髮絞擰成利刃，挾帶著疾驟的珠雨，猛烈的攻向帝嚳。

「不要！」兩個殷曼同時大叫，共鳴的力量互相激發，將君心珠雨範圍擴展得更大，更猛烈，這片沙漠讓瘋狂的珠雨洗滌，激起的黃塵和煙霧使人伸手不見五指。

慘慘黃霧中，君心被貫穿了胸，眼睛和嘴角不斷的滲出血。「小曼姐……快走……」

「還能走去哪兒呢？」帝嚳輕笑，指著殷曼們，「過來。」

這兩個字就將她們束縛了，愣愣的走向帝嚳。

「看到了嗎？」帝嚳臉上有著虛假的悲憫，「我要誰生誰就可以生還，我要誰死誰就得死。你若願意臣服我，我就給你一切。」

他喜歡這具年輕的肉體，乾乾淨淨的，稚嫩卻有無窮潛力。羅煞的身體太老，也太骯髒了。

君心短促的笑了一下，低低的說了一聲什麼，連他這樣尊貴的耳朵都聽不清楚。

「嗯？」

只覺得一道閃光令人盲目，君心將他僅剩的生命都化爲靈彈，朝著湊過來的帝嚳臉上開槍。

像是一種難解的默契，向著羅煞走去的兩個殷曼，也同時發出最猛烈的攻擊珠雨，她們合力將氣息微弱的君心搶了下來，想要逃走……卻感到一股強大的劇痛。

這痛楚從肩膀傳來，灌注著濃鹽酸似的極寒。這是令人生不如死的痛楚，血液都要隨之凍結。

他們幾乎犧牲生命的合力一擊，卻沒傷害到帝嚳一丁點。他縱聲大笑，充滿了童稚純眞的喜悅，「呵～～你們眞以爲團結就是力量，人定勝天？」

他的純眞帶著極度殘忍，「我，就是這世界的一切法則。」

得到了。他得到了千年飛頭蠻。這個化人失敗的飛頭蠻將融入他最強的神器中，將分裂癒合成完整。

她的美麗和力量，將永遠存在下去。

「順從我吧。」他狂喜的將殷曼們擁抱在懷裡，「和我合而爲一……」

連腦漿都要凍結，一切神識漸漸遠去，只剩下掌上的些許溫暖……她還記得君心的溫暖，成爲人類的殷曼已經昏了過去，但是內丹孕育誕生的殷曼，卻緊緊的握住手，怕最後一絲清醒也消失。

她轉動僵硬的眼珠，舉起手，狠狠地在帝嚳臉上抓了一把，帝嚳雖然沒受到傷害，卻訝異了，趁他疏神，內丹殷曼用臨終最後的力氣將他撞倒。不管他神威再猛烈，終究還是棲居於人身。

一腳將昏迷的人類殷曼踹開，她騎在帝嚳身上，用力掐著他的脖子。人身是會死的……內丹殷曼知道自己活不了，但是她也不讓帝嚳活著。

她不要再失去任何家人了。

但是內丹殷曼卻像是沉入沼澤般，發現自己漸漸銷融在帝嚳身上，他笑得那麼歡快，像是天真無邪的孩子。

「妳是我的了。」

這是內丹殷曼消失前聽到的最後一句話，她很想轉頭看看君心和另一個自己，卻只能消逝在虛無中……

我保不住她。呼吸漸漸停止的君心用身體蓋住倒在泥濘中的人類殷曼，覺得自己和她一樣冰冷。讓他化為岩石、高山，什麼都好，別讓帝嚳再奪走什麼……

帝嚳想要將君心踹開，抓走另一個殷曼，卻發現幾乎氣絕的君心動也不動，像是和大地融為一體。

他臉變色了。這提醒了他討厭的回憶，有個神人故意頂撞激怒他的母親，拒絕交出飛頭蠻，死後化為岩石，矗立在崑崙入口。

雖然是王母的命令，但是誰都知道那是溺愛孩子的王母順從帝嚳的結果。幾乎所有的天人都藉故去瞻仰那塊巨大的岩石，深深的同情，默默的譴責他。

他討厭那個自以為偉大的傢伙！

狠狠地劈向君心的天靈蓋，帝嚳決定連他不滅的人類靈魂都一起消滅掉，卻突然全身一震，動彈不得。

他元神上的禁錮突然緊縮，像是要壓碎了一般，天帝宛如使出最大的神通，準備毀了他。不可能……天誅日還沒有過去，天帝怎麼會發現他悄悄離開？

是誰？是誰讓天帝阻撓他？他還有半個飛頭蠻沒到手！

忿恨的回望，他不甘心，但是再怎麼不甘心，他還是得馬上回歸天庭的牢籠。

可惡的天帝！總有一天讓你嚐嚐被禁錮的滋味！那一天不會太遠了，不會太遠了！

君心護著殷曼，臥倒在滿地泥濘中。珠雨洗滌過的沙漠，短暫的出現了綠意和生命。

只是他們兩個都像是死了一樣。

井邊枯死的梨樹，抽出新芽，也讓翦梨找到了定標，她傳送過來，見到這兩個幾乎死去的人，忍不住落下眼淚。

她摸了摸君心冰冷的額頭，「……讓我看看她怎麼樣了。」

君心不知道明白還是不明白，但是僵硬的身體突然軟了下來，倒在一旁，翦梨看了看他們倆，心裡更難過。

來得遲了。君心雖然受了重創，好在持修嚴謹，還能勉強保住一命，只是這段日子的修行都付之一炬，恐怕會成了廢人。

但是沒有修煉過的殷曼……失去內丹的殷曼……已經氣絕，連魂魄都開始飄散了。

若君心得救了，她要怎麼告訴這個癡心的孩子呢？

蜷縮成一團的羅煞掙扎了一會兒，茫然的在泥濘中爬起來。他變得更老，老得幾乎站不住，原本挺直的背佝僂，下巴幾乎碰到膝蓋，帝嚳粗魯的侵佔他的身體，幾乎將他的靈魂摧毀殆盡。

他所有的道行都喪失了，而天劫依舊等著他。

「哇哈哈哈～～我是神！我成爲神了～～」他又哭又笑，手舞足蹈，「我成爲眞正的神了，哇哈哈哈～～」

淒涼的雨後沙漠，短暫的生命搶著抽芽開花，但是降下珠雨的人們，卻漸漸死亡。

一彎月鉤悄悄的西沉，瘋子的狂笑在蔓延，而花神垂淚，設法搶救脆弱的生命。

相逢，原來是離別的開始。

尾・聲

再見，是為了再見面

「悲傷夫人，不要奪走我的悲哀。這不是妳的糧食，而是我剩下的所有！」君心以爲自己在憤怒狂吼，卻只是沙啞的氣聲，但是，這微弱的抗議卻感動了古聖神……

君心甦醒得比翦梨預期的早很多。當狐影和楊瑾趕到時，這個癡心的孩子，抱著已經冰冷的殷曼，不顧自己沉重的傷勢，像石像般跪在漸乾的泥濘中動也不動。

他完全不肯相信殷曼已死。她的額頭還有暖意，容顏還未損壞，或許因爲死亡損失了一部分的魂魄，但有一部分讓他拘法留住了。

她並沒有眞的死去。

沒錯，這完全是自殺……他拚命鼓動奄奄一息的內丹和元嬰，使盡殘存的所有法力，想到的不是他的死，而是殷曼微弱的生機。

若要救這孩子，就該把殷曼帶走不是？畢竟她已經像是個碎裂的琉璃盞，灌注多少生氣都是徒勞的。

但是這些心思纖細的仙神卻被他的癡心震動而哀傷，誰也不忍心分開他倆，只默默的環繞著，陪伴著，靜靜等待殷曼斷氣的那一刻。

不知道過了多久，君心連最後一點生氣都榨不出來，他抵著殷曼漸漸冰冷的額，盤據在心裡碩大無朋的悲哀卻漸漸麻木，消失。

茫然望著天空，他突然惶恐了。

為什麼如此巨大的悲傷會漸漸淡去？他若忘記這股悲哀，他還剩下什麼？如果連悔恨和椎心都隨著死亡消逝，他對殷曼的愛和存在的意義，到底還存不存在？

「悲傷夫人，不要奪走我的悲哀。這不是妳的糧食，而是我剩下的所有！」他以為自己在憤怒狂吼，卻只是沙啞的氣聲。

但是這微弱的抗議卻感動了古聖神。

為什麼呢？悲傷夫人問著自己。這世界有這麼多的悲哀，為什麼她放不下這個孩子？甚至不應該的，憐憫起殷曼。

她開了門，讓君心到她面前來。

這孩子在她的世界裡流淚，抱著氣絕的死人，悲哀源源不絕從破碎的心裡流出來，濃郁的像是仙酒，深刻宛如最深的天之傷。

他透明的淚落入泉中，卻滲出血絲，漸漸染紅了她的泉。

「人類的孩子啊……」她的聲音深深的震動靈魂，落下水晶般的淚水，「殷曼已經死了，讓她在我白髮下安眠吧。」

「不不不！她還能接受我的生氣，我也拘住了她剩下的魂魄！」君心緊緊的擁住她，「她還可以活下去，她還可以……」

「她失去了內丹，又失了部分魂魄。」悲傷夫人眼上蒙著白布，「看」著他，「她已經毀滅了，讓她走吧……」

「我不要！」君心頑強的抵抗，「就算小曼剩下一點碎片，她還是我的小曼！哪怕是一隻眼睛一根骨頭，都還是我的小曼！」他嗚咽起來，「就算她只剩下一點微塵，也還是、也還是我的寶物啊……」

他嚎啕的哭起來，像是在指控這世界，包括她這個吞食悲哀的悲傷夫人。

爲什麼……她從創世以來就存在，比任何衆生都古老，活過這麼漫長到接近虛無的日子……爲什麼她還是會爲了人類這種純粹的情孽而落淚不已？

這只能活過一剎那，出生就準備要死亡的短命生物，爲什麼能夠發出這麼強的情緒，讓她這個古老的聖神爲之感動哀泣？

創世者……請原諒我使用聖力，請原諒我違背非祢的教誨，我……是這樣的喜愛人類，喜愛到只願啖食他們的悲傷……但這份醺人欲醉的悲傷令人掩面，請原諒我……

令人盲目的白光過去，君心感到懷裡冰冷的殷曼滾燙得像是一團火……

自從悲傷夫人無緣無故帶走了殷曼和君心，引起了狐影等人的驚慌。

悲傷夫人關門不見任何人，不知道送上了多少奏章，悲傷夫人還是沉默著。狐影終日奔走到病倒，楊瑾則因爲濫用職權，被革職了。

任憑花神蒴梨的追蹤術再怎麼奧妙，也沒辦法跟君心取得聯繫。

大病一場的狐影消瘦許多，整天都坐在咖啡廳裡發呆。他在思索，思索成仙的意義在哪裡。

或者說，仙神是什麼，有什麼權力玩弄衆生的命運。

但是他不敢想到君心，想到心底就一股刺痛。那個原本怯怯的孩子，漸漸長大、茁壯，經過叛逆的青春期，顯得有點暴躁，歷經悲歡離合，卻在達成夙願的時候——

同時也失去了所有的希望。

懶洋洋的午後，外出購物的上邪從信箱裡拿了一疊信，往櫃台一扔。

狐影沒什麼力氣的翻著，廣告單當中，夾了一封沒有郵票也沒有住址的信。他愣住了，手指不斷的顫抖。這微弱的氣息……是君心的氣息！

狐影叔叔：

哈哈，對不起，讓你擔心了。等塵埃落定後我想了很久，決定還是帶著小曼逃走了。我知道我已經失去所有的修行，元嬰潰散，內丹也只剩下一點稀薄的影子，不過能夠活下來就很好了。

最重要的是，小曼現在在我旁邊睡著，呼吸很均勻。悲傷夫人幫我救活了她。雖然失去內丹和部分魂魄，但她總算活過來了。只是失去的魂魄太多，所以沒辦法維持原狀，她退化到七八歲的模樣，心智可能更小一點。

而且，她連話都不會說，所以我也不知道她還記不記得我。

但是對我來說，這樣已經太好了。只要她還能呼吸，還有心跳，那就夠了。哪怕她再也記不得我，她還是我的寶貝。

我已經放棄修仙這樣的念頭了，我只想跟著小曼過著平常人的生活。什麼眾生、仙神，那些我都不想碰了。請原諒我的忘恩負義，不回去跟你們道謝。

我知道狐影叔叔和楊瑾一定會設法保護我們……但是請讓我們像是平凡人般的生活吧。

我再也無法忍受跟小曼分開，孤獨的長生我也看不出有什麼意義。雖然我會不甘心，不甘心小曼就這樣被撕成兩半，但是我卻無法忍受她再次被奪走。

我只想過著平凡的生活，和她一起。

原諒我這樣忘恩負義，我來生有識一定報答，非常感謝你們！

君心

不知道狐影叔叔收到那封信沒有？在寬廣的鋼青色天空下，君心默默的想著。眼前的道路延伸，伸入遠方模糊的城鎮中。

或許去那兒歇歇腳，也說不定，就這樣住下來。

「小曼，來。」君心伸手，小小的女孩茫然的抬頭，眼神空洞而溫柔，卻有一點點遲疑。

她望著君心很久，才將自己柔軟的手伸出去。

手心透來的溫暖，讓君心微笑了起來。或許這樣就夠了，這樣就夠了。

〈第二部完〉

作・者・的・話

這本真的寫好久喔……寫到編編想宰了我。（跪）

但是我也是很困擾的，包括廢稿在內，這本我幾乎寫了兩本的量……一直在廢稿重寫中。

不是不知道怎麼寫，而是可能性太多。想了好久好久，這才突然領悟到我太拘泥於某些表象，或者非怎麼寫不可，這才放開手痛痛快快的發揮。

寫完以後，我大大的鬆了口氣。

很久以前我就想好了這十本的設定，我也覺得這樣滿好的，但是臨到下筆才發現這樣寫對讀者可能很殘忍。

前一刻還是歡笑，下一刻就是哀慟；良朝蓓蕾初綻，臨夕只有殘花可拾，這種劇烈的變化……唔……

但我還是決定這麼寫了。

或許我書寫著妖怪，但我活在人世。所謂的妖異，說不定是眞實人世的另一種倒影罷了。

總之，謝謝你看完這本小說。若是有機會，續集應該會重逢。

若是想看更多，或許可以來我的部落格：http：//www.wretch.cc/blog/seba

我會默默的看，原諒我不做任何回應。畢竟我沉默已久，忘記如何開口了。

蝴蝶

國家圖書館出版品預行編目資料

再相逢　蝴蝶著.-初版--台北市：春光出版；家庭傳媒城邦分公司發行；2006（民95）
面：　　公分.--

ISBN 978-986-7848-39-0（平裝）
857.7　　　　95004120

再相逢

作　　者／蝴　蝶
企劃選書人／黃淑貞
責任編輯／李曉芳

行銷企劃／周丹蘋
業務企劃／虞子嫺
行銷業務經理／李振東
總編輯／楊秀真
發行人／何飛鵬
法律顧問／台英國際商務法律事務所　羅明通律師
出　版／春光出版
台北市 104 民生東路二段 141 號 8 樓
電話：(02)25007008　傳真：(02)25027676
網址：www.romanceplanet.com.tw/stareast
e-mail：stareast_service@cite.com.tw
發　行／英屬蓋曼群島商家庭傳媒股份有限公司城邦分公司
台北市 104 民生東路二段 141 號 2 樓
讀者服務專線：0800020299　24小時傳真服務：(02)25170999
讀者服務信箱：cs@cite.com.tw
劃撥帳號：19833503
戶名：英屬蓋曼群島商家庭傳媒股份有限公司城邦分公司
香港發行所／城邦（香港）出版集團有限公司
香港灣仔駱克道193號東超商業中心1樓
電話：(852)25086231　傳真：(852)25789337
馬新發行所／城邦（馬新）出版集團【Cite (M) Sdn Bhd.】
41, Jalan Radin Anum, Bandar Baru Sri Petaling,
57000 Kuala Lumpur, Malaysia.
電話：(603) 9057-8822 傳真：(603) 9057-6622
e-mail：cite@cite.com.my

封面設計／黃聖文
電腦排版／普林特斯資訊有限公司
印　刷／高典印刷有限公司

■2006年（民95）3月30日初版
■2016年（民105）3月16日三版11.5刷

Printed in Taiwan.
城邦讀書花園
www.cite.com.tw

售價／220元

ISBN 978-986-7848-39-0

104台北市民生東路二段141號11樓

英屬蓋曼群島商家庭傳媒股份有限公司

城邦分公司　收

請沿虛線對摺，謝謝！

遇見春光・生命從此神采飛揚

春光出版

書號: OF0002Y	**書名:** 再相逢

請於此處用膠水黏貼

讀者回函卡

謝謝您購買我們出版的書籍！請費心填寫此回函卡，我們將不定期寄上城邦集團最新的出版訊息。

姓名：______________________

性別：□男　□女

生日：西元________年________月________日

地址：______________________

聯絡電話：____________ 傳真：____________

E-mail：______________________

學歷：□1.小學 □2.國中 □3.高中 □4.大專 □5.研究所以上

職業：□1.學生 □2.軍公教 □3.服務 □4.金融 □5.製造 □6.資訊

□7.傳播 □8.自由業 □9.農漁牧 □10.家管 □11.退休

□12.其他______________________

您從何種方式得知本書消息？

□1.書店 □2.網路 □3.報紙 □4.雜誌 □5.廣播 □6.電視

□7.親友推薦 □8.其他______________________

您通常以何種方式購書？

□1.書店 □2.網路 □3.傳真訂購 □4.郵局劃撥 □5.其他

您喜歡以下哪一種類型的書籍？

□1.財經商業 □2.自然科學 □3.歷史 □4.法律 □5.文學

□6.休閒旅遊 □7.小說 □8.人物傳記 □9.生活、勵志

□10.其他______________________

請於此處用膠水黏貼